虚構推理短編集

岩永琴子の密室

城平 京

講談社
タイガ

イラスト――片瀬茶柴
デザイン――坂野公一（welle design）

目次

登場人物＆事件紹介

岩永《いわなが》　琴子《ことこ》　――　西洋人形めいた美しい女性。だが、幼い外見のため中学生くらいに見えることも。十一歳のころに神隠しにあい、あやかし達に右眼と左足を奪われ一眼一足となることで、あやかし達の争いやもめ事の仲裁・解決、あらゆる相談を受ける『知恵の神』、人とあやかしの間をつなぐ巫女となった。十五歳の時に九郎と出会い一目惚れし、強引に恋人関係となる。

桜川《さくらがわ》　九郎《くろう》　――　琴子と同じ大学に通う大学院生。自らの命と引き換えに未来を予言する「件《くだん》」と、食すと不死となる「人魚」の肉を、祖母によって食べさせられたため、未来を決定できる力と、死なない身体を持つ。あやかし達から見ると、九郎こそが怪異を超えた怪異であり恐れられている。恋人である琴子を冷たく扱っているように見えるが、彼なりに気遣っているのかもしれない。

桜川《さくらがわ》　六花《りっか》　――九郎の従姉で、彼と同じ能力を持つ女性。かつてとある目的のために、九郎たちとは敵対関係にあった。

【鋼人七瀬】事件―鉄骨片手に街を徘徊するグラビアアイドルの都市伝説。琴子と九郎は、真実を求めるよりも過酷な「虚構の推理」を構築することで、都市伝説を虚構へと戻そうとする。

虚構推理短編集

岩永琴子の密室

みだりに扉を開けるなかれ

岩永琴子《いわながことこ》は恋人の桜川九郎《さくらがわくろう》が運転する車の助手席に座り、携帯電話でこの一日のニュースを順次確認していた。

走行している車の中で文章を読んでいると気分が悪くなると言われるが、岩永はそういう経験がまるでなく、まとまった量でも普通に読みこなせる。生来神経が鈍《にぶ》いのだろうと九郎は言うが、可愛《かわい》い恋人を評するにそこはかとなく悪意を込めてくるこの男の神経の方がどうかしている。

岩永も強《し》いて車の中で堅く殺伐《さつばつ》とした報道の文章を読みたいわけではないが、せざるをえない時もあった。今日は朝から九郎に車を出させ、妖怪《ようかい》や化け物達の知恵の神としてあちこちにいるそれらの悩みやトラブルを処理して回るのに忙しく、この夕方と呼べる時間帯になるまでニュースに目を通す暇がなかったのである。

とはいえその甲斐《かい》あって予定していた遠方の複数の案件を全《すべ》て処理し、暗くなる前に帰路につけたのだから幸いではある。真冬の一月に遅くまで外を回っていたくはないし、寄り道して買い物をする余裕もあった方がいい。車中でその日のニュースを総ざらいすれば、夜も長く楽しめるというものだ。

そうして岩永が携帯電話の画面をスクロールしていたところ、とある短い記事を目にし、額の方にずれかかったベレー帽を上げ、つい言葉をもらしてしまった。

「あの事件の刑が確定したのか。懲役十八年、奥さんを計画的に殺したにしては短い気もするけど、それ以上の報《むく》いを受けているか」

隣でハンドルを握る九郎が気になったのか問うてくる。

「つまりそのもっとひどい報いをお前が与えたのか？　相変わらず血も涙もないな」

またも評価に悪意を感じられたが、岩永は即座に否定した。

「違いますよ。私はこの事件にほとんど関《かか》わっていません。事件後に経緯を調べ、人にとって本当に怖いのはわけがわからないこと、という話をしたくらいです」

つまりはこの事件の犯人が受けた、あるいは今も受けているであろう報いの話だ。

九郎が理解しかねるとばかりに苦笑する。

「わけがわからないとは漠然としてるな。もっと他《ほか》に怖いものがないか？　六花《りっか》さんはお前が一番怖いと言ってたが」

「あの女は参考になりません」

「だとしても、妖怪や幽霊の方がよほど怖がられそうだろう？」

「子どもじゃああるまいし、そんな非現実的なものを怖がらなくても」

「いや、さっきまでその妖怪や幽霊から相談を受けてたからな？　解決してたからな？」

もっともであるし、それらは人を襲ったりもするから大人も怖がるべきではあるが、岩永は携帯電話で他のニュースに目を通しながら答える。

「妖怪や幽霊は一般的に恐怖や畏《おそ》れの対象になりますが、まったく逆に、もっと怖いものを怖くなくするために必要とされたりもするんです」

妖怪や化け物は人の想像力によって生まれることもある、という話は以前にもした。そして人はなぜ、そんなものを想像するか、という一例だ。

「何らかの奇妙な現象や出来事が起こった時、その原因や意味がわからなければ対処しようがありません。何が起こったのか、何が起ころうとしてるのかまるでわからず、説明のつかない状態が続く。怖くありませんか？」

「まあ、落ち着かなくはあるな」

九郎は控《ひか》えめな表現で応じるが、不死身でそれなりに修羅場をくぐっている男の尺度はあまり信用できないだろう。

「そこで妖怪や幽霊が必要とされます。夜中、どこからともなく小豆を洗う音が聞こえてくる。わけがわからず気味が悪いですが、あれは妖怪小豆洗いの仕業だ、と説明がつけられればひとまず安心できます。そういう小豆を洗う妖怪がいるんですから、音が聞こえて当然です。原因も意味も明確です」

「怪しい生き物が小豆を洗っている状態もかなり怖いぞ。地方によって小豆洗いは、人を捕まえて食べようか、とか歌ってないか？」

「けれど正体と目的がわかればまだ対処できる存在に思えます。朝起きたら枕《まくら》がありえない所に転がっている、これは妖怪枕返しの仕業です。特定の川で多くの人が死ぬのは河童《かっぱ》のせい、寝ているると体が突然動かせなくなるのは幽霊による金縛り。奇妙な現象は全て説明がつきます」

「乱暴な話だな。そういう人の想像力が、本来いなかったはずの妖怪や化け物まで実在させてしまうのは知っているが」

「現在は合理的な説明を優先しそうですが、筋が通っていても納得いかないことはあります。それゆえに怪異による説明を支持したりするのも知っているでしょう。例えば交通事故が頻発する場所には霊がいるといった話です。その場所が構造的に事故を起こしやすいだけと言われても、お祓《はら》いをしたり、手を合わせたりして、安心しようとします」

本当に妖怪や幽霊が事故を誘発しているケースもあるが、きちんとした物理的、心理的要因のあるケースの方が圧倒的に多い。

九郎もそういう事情は身を以《もっ》て知っているはずで、勘所はつかめたようだ。

「確かに都市伝説や心霊現象は現代でも信じられやすいな」

「はい。つまり人は心の平穏のため、特別な妖怪や幽霊を信じ、時には望んで作り出したりもするんです。妖怪や幽霊は不気味ですが、正しく怖がれます。正体も目的も不明、わけがわからないものは怖がり方すらわかりません。何をすればその状態から抜けられるかもわからず、もっと怖い事態の前ぶれかもしれない。気が狂いそうにもなるでしょう」

夜中、不気味な生物が枕を移動させようとしているのに出くわしたらやっぱり気が狂いそうになるかもしれないが、どちらがましかというと、原因がわかる方ではないか。

「なら妖怪や幽霊より、わけがわからない状態の方が怖いという理屈になるか」

九郎は一応了解できなくもないといった風に言い、次《つ》いで怪訝《けげん》そうに尋《たず》ねてくる。

「それがその刑の確定した事件とどうつながるんだ?」

九郎は信号待ちで停車したタイミングで、やはり要領を得ないと岩永を見た。

「事件自体は単純なものです。夫が奥さんを自殺に見せかけて殺害したのだけれど結局警察に捕まった、でまとまるくらいに。それでその奥さんが殺された家で地縛霊になり、夫がちゃんと罰せられているか知りたがっているとの相談が来たんです。だから私が調査して夫の状況を伝えると奥さんの霊は満足し、判決を待たずに成仏しました」

数日で片付いた簡単な相談だったが、その事件がもたらした余波がまだ残っており、こうして小さな記事を目にしただけで岩永もつい反応をもらしてしまったのである。

「奥さんの霊はそこを動けないので夫にやり返すこともできず、その後の展開も知れないので未練が残って消えられなかったわけか」

九郎がアクセルを踏みながら同情的に述べた。岩永としてはその被害者は被害者で夫を束縛し過ぎたところもあり、過去に何度か狂言自殺を行って周囲を困らせ、それらが重なって夫に自殺を偽装して殺害する、という計画を立てさせた面があるのも知っている。一方で夫は妻の資産目当てで結婚していたりして、あまり情状酌量《しゃくりょう》の余地はない。

「ただ奥さんは無自覚に、霊としてこれ以上ない報復をしていたんですが」

その場の勢いでの行動が、犯人である夫にはからずも本当に怖い、わけのわからない状況を招いていたのである。

事件のあらましはこうだ。夫は休日の昼前、一戸建ての自宅で妻に睡眠薬を飲ませて意識を失わせるとバスルームに運び、その左手首を包丁で切って水の張った浴槽につけ、右手にはその包丁を握らせた。睡眠薬の入っていた瓶《びん》と飲むのに使ったグラスもそばに置き、いかにも自分で服用して手首を切った、という現場を偽装したわけである。

バスルームのドアは内側からだけ錠がかけられる作りで、ノブの下についた小さなつまみを回す簡単なものだった。夫は妻が失血死したのを見届けるとドアと床のわずかな隙間《すきま》に細く丈夫な糸を通し、ドアを完全に閉めた後、その糸を引くと錠をかけるつまみが回るようにした。

つまみは小さく、角もなくて表面がすべりやすく、糸を引っ掛けられる部分がない形状であったが、夫はあらかじめつまみの上に装着する、糸を掛けて回しやすい形のアタッチメントを氷で作っておいた。

アタッチメントはつまみに付けると横に細長いレバーが飛び出る形状で、そのレバーの端《はし》に糸を掛けて下に引けばつまみが回転する格好だ。てこの原理もあってつまみをより小さな力で回せる。バスルームの床に多少水が落ちていても不自然ではない。さらに死体発見時に複数の人間が出入りすれば、ドア付近の床に落ちた多少の水などスリッパなどで踏み散らされてより目に留まらなくなる。

そしてドアを閉じた夫は糸を引いてうまく錠をかけた。これで外側からドアを開けるには、ドアか錠を壊すくらいしか方法がなくなった。糸も切らずに全て回収でき、後は氷のアタッチメントが溶ければ工作の痕跡《こんせき》はほぼなくなる。季節はまだ暑さの残る九月で、氷は短時間で溶けると見込める。

かくてバスルームはいわゆる密室になった。中からしか錠をかけられない施錠された部屋で人が死んでいる。ならその死者はまず自殺したと考えられるだろう。

さらに夫は、以前に妻が狂言自殺をした時に書いて放り出していた自筆の遺書を居間に置いた。日付だけ妻の筆跡を真似《まね》て入れ、いかにも今日のために書いたと偽装する。以前の狂言自殺の時の遺書の存在は夫しか知らず、こういう時のためにきれいな状態で保管していた。

工作を終えると夫は自宅を離れる。その日は妻の妹夫婦が家に泊まりに来る予定であり、夫は彼女らと外で合流して買い物をした後、夕刻頃、一緒に帰宅する約束だった。そしてその妹夫婦に居間で遺書を見つけさせ、バスルームが不審に閉ざされているのにも気づかせる。そこのドアが施錠されているのも妹夫婦に確認させた後、ドアを強引に開くのもなるべく二人にさせて妻の死体を発見させる。そういった目論見《もくろみ》だった。

妻はこれまで何度も気に食わないことがあると自殺未遂をやって親類縁者を騒がせたりしていたので、狂言や未遂で済んでいたのがとうとう本当になったかと親しい者にほど思われると夫は考えた。夫としては妻が本当に自殺する気などさらさらないと感じていたのでおのれの手を汚す決断をしたらしいが。

「現場を密室にした上に被害者自筆の遺書まで用意していたのか。トリックに面白さはないが、計画通りいけば警察も自殺で済ませそうだな」

九郎が事件の内容と犯人の工作を聞き、たい焼きを食べつつそう感心したように言う。

途中にたい焼きで有名な店があるのを事前に調べていたのでそこに寄り、ひとつずつ購入して、少し離れた所にある店の駐車場へと歩きながら食べていた。

こういうものは少しくらい寒い屋外で食べた方がおいしく感じられたりする。ちなみに岩永はスタンダードなつぶあんを買ったが、九郎はメロンクリームとかいう変則的な品を買っていた。

岩永もステッキを右手に、左手にたい焼きを持ってその頭の方からかぶりつきながら肯《うなず》いてみせる。

「現実もほぼ計画通り進みました。夫は一緒に帰宅した妹夫婦主導でバスルームの死体を発見させ、その妹夫婦は最初から自殺を疑いませんでした。通報を受けて駆けつけた警察も同様の反応。現場検証、司法解剖でも不審点は浮かびませんでした」

「ならどうして夫は捕まったんだ？」

九郎が致命的なミスの入る余地がどこにあったか考えるようにした。これまでの話から推測できなくもないだろうが、少し難しいかもしれない。

「たったひとつ、計画とは違うことが起こっていたんです。帰宅した夫と妹夫婦が奥さんを探してバスルームに向かった時、そこは密室どころか、そのドアが大きく開かれていたんです。錠も壊されず、ごく普通に。だから三人はドアに触れる必要すらなく、すんなりバスルームに入って奥さんの死体を発見できました」

九郎がとっさに意味を取りきれなかったのか、まばたきを数度した。岩永はもったいぶらず事情を説明してみせる。

「それというのも殺された奥さんが死後しばらくして幽霊となり、夫の裏切りに怒り心頭、夫を追いかけやり返そうとしたんです。そしてそこから出るべくつまみを回して錠を外し、ドアを思い切り開きました。幽霊なのでドアをすり抜けられるんですが、生前の習慣に囚《とら》われて律儀にドアを開けてしまったんですね」

九郎がその不条理を嘆いたものか困ったように口許《くちもと》を曲げ、ようやく感想を述べた。

「せっかくの密室トリックが台無しだな」

つまらないトリックであっても、被害者の幽霊によって霧散させられると犯人が気の毒とも思えるのだろう。

「本来、霊がこの世の物に影響を与える力を持つにはかなりの条件や時間を要します。なのに奥さんは激情にかられてドアを開けるなんて無茶なことをしたため、その反動でそこから動けなくなり、生者に声を聞かせる力も出せない弱い霊にしかなれませんでした」

「なるほどな。だが密室が消えても自殺の偽装工作は十分生きてる。夫はまだ警察に捕まりそうには思えないが?」

九郎の言う通り、現場が密室でなくとも十分自殺と見える。夫の勝算は特段目減りしていないとも思えるだろう。

「夫が平静であれば逃げ切れたかもしれません。でも考えてみてください、奥さんを殺害後に密室にしたバスルームが、自分の知らない間に開けられていたんですよ?　戸締まりされた家の中の、さらに外側から開けられない状態のはずのドアが」

岩永があらためて指摘すると、九郎はようやく事のつながりに気づいたらしい。

「犯人からすればありえない、まさにわけのわからない状態か」

「夫はその開いたドアを見た時どれほど驚き、戦慄《せんりつ》したでしょうね。いったい何が起こったのか必死に考えたでしょう」

「自分が家を出た後、誰かが開けたとしか考えられないな。空き巣が入ってやったとか。空き巣なら特殊な道具を持っていて、中からしか施錠できないドアも開けられそうだ」

九郎がひとつ仮説を挙げるが、否定は容易だ。

「空き巣が侵入したとしてもバスルームを物色しようとは考えませんし、中からロックされていればそこに誰かいると考えてすぐ逃げますよ。特殊な道具があったとしても手間暇かけて錠を外すわけがありません」

「だとすれば夫の計画をあらかじめ知っていた誰かが犯行後に家に忍び込み、お前の計画を知っているぞといった脅迫目的で密室を開いて去った、と考えられるが」

「無理がありますね」

「あるな。事件後誰かから夫に対して金銭の要求とかがあればまだ信じられるが、そんなのはないだろうし」

「奥さんの幽霊が開けてまずからね」

どう考えても腑《ふ》に落ちる説明が見当たらない。わけがわからないということになるのだ。

強い風が吹いて岩永のかぶっていたベレー帽が宙に飛んだが、意外に九郎が俊敏にそれをつかみ、両手が塞《ふさ》がっている岩永の頭に置き直す。置き方が気に入らなかったので岩永はたい焼きを口にくわえて左手でその位置や角度を直し、話を続けた。

「かくて夫はわけがわからないまま、日々を過ごすことになりました。いったい何が起こったのか、誰か自分の犯行を知っているのか、疑問が渦巻くばかりです。でもわけがわからないので対処のしようがありません。奥さんの幽霊の仕業と思いつけるほど、夫の思考は柔軟でもありませんでした」

九郎が本格的に夫に同情する表情になった。

「それは、気も狂わんばかりになるな」

自業自得とも言えるので岩永はさして同情はしないが、情をかけるなとまでは言わない。

「こうして夫は不安と焦燥で日常生活にまで支障をきたし、その挙動のおかしさから警察の疑いを招くとじき逮捕となりました。夫は幾分ほっとしたように罪を認めたそうです」

少なくとも警察に捕まるかどうかの心配をする必要がなくなったのは確かだろう。

九郎はたい焼きをかじって話を進める。

「夫は警察で、密室工作について話したのか？」

「話しましたね。誰が密室を開けたか調べてくれと懇願《こんがん》したとか。けれど犯人は確定してますし、現場に誰かが侵入した形跡もない。警察は夫が罪の意識から錯乱しているか、事件に第三者の存在をほのめかせて罪を軽くしようとしているのでは、と疑っただけです」

わけのわからない状態は公に罪を認めても解消しなかったのである。裁判でも争点にはならなかっただろう。

「かくて夫は逮捕されてもこの状況に苦しめられました。刑確定後の今も何が起こったか考え続けていることでしょう」

刑が確定しても謎《なぞ》は解明されないし、解明してくれる者もいない。ひたすら謎から目を逸《そ》らすしかないが、わけがわからないものほど気に掛かり、折に触れて思い出されるものだ。たとえ刑期を終えても、わけのわからないものはわけがわからないままである。

九郎がたい焼きの尻尾《しっぽ》を口に入れた。

「何年の懲役よりも怖い報いだな。奥さんの幽霊がやったというのも怖い話になるが、そう教えられた方がよほど楽になりそうだ」

「ええ、それらを奥さんの幽霊に話したら満面の笑みで成仏しましたよ」

駐車場に着くと岩永もたい焼きを食べ終えたので車に乗り込み、中に置いていたペットボトルのお茶を飲んでシートベルトを締める。

それからこの事件で起きたもうひとつの問題を語ることにした。

「奥さんについてはそれで解決したんですが、思わぬ余波がありまして」

「余波?」

まだ何かあるのかと九郎が眉《まゆ》を寄せる。岩永は続けた。

「この事件の顚末《てんまつ》が面白いと妖怪や幽霊の間で噂《うわさ》になったんです。そこで壁をすり抜けられたり、わずかな隙間からでも室内に入れる妖怪や幽霊が、密室殺人現場を発見すると中からロックを外して開き、その状態を知った犯人がどんな反応をするかこっそりうかがう、といういたずらが流行《はや》るようになりまして」

よし、密室だ、トリックを台無しにしてやれ、という完全な愉快犯である。

九郎はどこから質《ただ》したものか苦悩する顔つきをしたが、結局一点だけ訊《き》いてきた。

「世の中そんなに密室殺人が実行されてるのか?」

「自殺を偽装した殺人で案外使われているらしくて。それでその怪現象に震え上がっている犯人がそれなりにいるようです」

妖怪や化け物が人を震え上がらせて何が問題か、それも殺人犯を、と開き直られても困るが、この震え上がらせ方はちょっと特殊過ぎて岩永も目こぼししづらい。

「すると当然、犯人達はその現象に説明を求めます。わけがわからないのは怖いですから。すると誰かが、密室殺人を行うとそれを台無しにしに来る妖怪がいるのでは、と思いつくかもしれません。さらに他の犯人達もその説明に飛びついて信じ、自身の恐怖を解消しようとするかもしれません。これが続き、広がれば、やがてその新たな妖怪がこの世に本当に現れる可能性もあります」

九郎がうんざりとした顔で妖怪の仮名を言った。

「妖怪密室ひらきとか？」

「妖怪密室ひらきですね」

小豆洗いや枕返しといった、名前がその行動を表す妖怪だ。覚えやすくてわかりやすい。絵にすると、閉じられたドアや窓をすり抜け、解錠するつまみを回していたりかんぬきを外していたりする人型のものになるだろうか。ぬらりひょんという妖怪に近い雰囲気になるかもしれない。またどんな隙間からでも室内に入れそうな気体状の妖怪、煙々羅《えんえんら》みたいなものの方が印象的かもしれない。隙間から室内に入り込んだ煙が手になって鍵《かぎ》を回したり窓のクレセント錠を外したりするのだ。

「こうしていつか子どもは、密室殺人を企《たくら》む悪い子のところには妖怪密室ひらきが現れてトリックを台無しにされるよ、とお母さんから脅されるようになるんです」

「お母さんはまず殺人の企みを注意しろ」

九郎は面倒そうに言い、岩永は深くため息をついた。

「さておき将来、そんな世をややこしくしそうな妖怪が生まれたりしないか少し心配なんですよ。密室をみだりに開けないよう怪異のもの達に注意はしているんですが、楽しいことはなかなかやめられませんから」

密室トリックを実行したのにそれがすっかり無効になっているのを知った犯人の反応を物陰《ものかげ》からうかがうのは確かに楽しそうだが、あまり健全ではない。

「かくて知恵の神の悩みは尽きないわけです」

密室殺人が実行されてもその犯人達に横のつながりはまずないだろうし、『密室を開ける特別な妖怪』という妄想が共有される可能性も限りなく低いが、この情報過多なインターネット社会では何が起こるか知れない。

密室にしたはずがなぜか死体発見時には開いていた、という犯人の証言が裁判などで複数見られるようになり、それに気づいた物好きがウェブ上で話題にし、さらに誰かが面白半分で密室を開ける妖怪を思いついてイラスト化でもすれば、その妖怪は実在へと向かいかねない。まったくもって油断ならない時代である。

これで九郎も少しは恋人をいたわるかと思ったが、冷淡に言った。

「疲れたなら眠っておけ。岩永の屋敷《やしき》までまだ二時間以上はかかる。着いたら家の人にちゃんと引き渡してやるから」

岩永もひと眠りするのは賛成だったが後半は受け入れかねた。せっかく早く帰れて長く夜を楽しめるというのに、そういうわけにはいかない。

「いやいや、今日は九郎先輩の所に泊まりますって。今日は安全な日だと朝から言ったじゃあないですか。なぜそれをみすみす逃す」

「何をわけのわからないことを言っている。怖いぞ」

「恋人が部屋に泊まって何が怖いと」

「誰が恋人だ。もしかしてお前、妖怪恋人気取りか？」

「適当な妖怪を創作しないでください。あと気取ってなくて本物の恋人でしょうがっ」

そういう態度を崩さない九郎の方がよほど怖いというものだ。


後日、岩永が妖怪や幽霊達に、密室トリックを台無しにすると九郎先輩や六花さんに八つ裂きにされるぞ、と言って脅していたら、九郎と六花からものすごく怒られた。九郎や六花は妖怪や幽霊が最も恐れるものなのだからちょうど良《よ》いのに、心が狭いことである。

鉄板前の眠り姫

これはどうすればいいいんだ。坂下鋭次《さかしたえいじ》は困っていた。正確にはその客が来店した時から困惑はしていたのだが、現在は本格的に困っていた。

その客はカウンター席に座ったまま眠っていた。先程まで鋭次と会話し、カウンターに据えつけられた鉄板の上のお好み焼きを食べていたのに、突然箸《はし》を握ったまま眠り込んでしまい、声を掛けても起きないのだ。

その客が来たのは午後一時五十分前くらいだったろう。午後二時二十分を過ぎた頃だった。鋭次のこのお好み焼き店は最寄り駅や大きな道路から少し離れ、周辺にこれといった商業施設もない、住宅街の片隅《かたすみ》にある古ぼけた小さな店だった。『お好み焼き』という看板を扉の上に貼《は》り付けてはいるが長い間新調せずにそのままなので文字はかすれ、歩道に面する部分に窓はあるけれど曇りガラスなので店内はうかがえず、扉も木製の引き戸でいつも閉じられている。

中に照明が点《つ》いているかどうか外からわからなくもないが、人がいるかどうかの判別は難しい。これといって店の外観をきれいにしたり、客が入ってきやすくしたりといった工夫もしておらず、むしろ何年も前に閉店した飲食店とされる方が普通だ。民家の一階部分を改装した二階建ての店舗兼住居なのでいっそうそう取られるだろう。

準備中、営業中の札は扉に掛けるようにはしているが、その札も古び、この店についてまるで知らない客がその掲示を信じ、扉を開けるのはかなりの抵抗があると思われる。事実、鋭次がこの店を任されてから来る客は、ほとんどが常連だ。出しているお好み焼きも店の雰囲気と違わず安いものだ。

そんな店に鋭次の知らない、何とも場違いなその客が訪れたのである。

「すみません。まだやっていますか？」

その客は半分ほど扉を開け、頭のベレー帽に手を掛けながら祈るようにそう店内をうかがった。カウンターの中で昼営業を終えるための後片付けをしていた鋭次は困惑し、いらっしゃいませの声を出すのも忘れてしばしその客を凝視してしまった。

およそこの店にそぐわない女性客だった。女性と言うより少女と形容するのが適当だろう。背丈《せたけ》はおそらく百五十センチメートルもなく、肩にかかるくらいの長さの艶《つや》のある見事な髪の上にベレー帽を載せ、細い身に地味な色使いながらも重さを感じさせない高級感のあるコートをまとい、どこか人形めいた目鼻に小さな口をした幼《おさな》い面立ちの娘だった。

物腰に落ち着いた所がなくもないので実際はそう低年齢ではないだろうが、それでもせいぜい十五、六歳にしかならないだろう。なぜか右手に赤色のステッキを握っている。

名家の令嬢と聞かされれば納得のいく佇《たたず》まいだった。少なくとも周辺の住宅街を歩いていそうにない。すすけたこの店にひとりで訪れるなどまず考えられない娘だった。

鋭次はどうにか我に返って慌てて答える。

「ええ、やっていますよ。昼の営業は二時までですから」

営業は終えたと嘘《うそ》を言って追い返す方が適切ではと考えないでもなかったが、そうすると変に悔《く》いが残りそうで、正直に告げる。その娘は店内の薄汚れた壁に掛けてあるアナログ式の丸い時計に目を遣《や》り、ステッキを突きながら少し申し訳なさそうに店内に足を踏み入れた。

「ぎりぎりですね。急に雨が降ってきたものですから、少し雨宿りにと。どうも強く降ってきそうで」

娘は開けたままの扉の向こうを目で示した。確かに雨が降り出していて、かすかに雨音も聞こえた。まだ小降りであるが、空の暗さからすると強い降りにいつ変わってもおかしくない。娘はステッキを手にしてはいるがそれ以外は鞄《かばん》も持たず、傘も所持しているとは見えなかった。周辺は民家ばかりで雨宿りができそうな施設はこれといってなく、対応に苦慮しただろう。冬の雨ならなおさらだ。

「それは大変ですね。汚い店ですが、よろしければ」

鋭次は困惑しつつ目の前のカウンター席を示した。とは言っても店内にはそのL字型のカウンター席しかなく、それも十人も座ればいっぱいになる。背もたれのない座部の丸い、詰められたスポンジも頼りなくなっている椅子《いす》ばかりで、この娘に勧めるのは気後れするが、他に腰を下ろせる所もない。

娘は小さく頭を下げ、扉を閉じて鋭次を正面にする席に座り、ステッキを隣の椅子に立て掛け、ベレー帽を脱いだ。雑然とした店内や年季が入って汚れか模様かわからない色の鉄板の広がるカウンターに抵抗感も見せず、娘はひとつ息をつくとハンカチを取り出し、雨に濡《ぬ》れたのであろう髪や肩を少し拭《ぬぐ》う。

鋭次はタオルでも貸すべきか迷うも、この娘に出して恥ずかしくない品質のものがあったかと不安になり、結局さして濡れていないようなので申し出は控えた。その代わりポケットに入れていた携帯電話を取り出し、この地域の天気予報を確認してみる。

「通り雨みたいですね。ならすぐやみますよ。もう他にお客さんも来ないでしょうし、注文されなくとも構いませんよ。メニューも大してありませんから」

この娘にこんな店の飲食物を出していいか、鋭次の方が二の足を踏んで先にそう言ってしまった。別に衛生上問題のあるものを扱っているわけではないが、食材もコップも皿もコテも箸もどれも安物であり、この娘だと触れるだけで何かアレルギー反応を起こさないか心配になってしまう。

鋭次の危惧《きぐ》をよそに娘は意外にも慣れた調子で注文をしてきた。

「お腹《なか》もすいているので注文させてください。では豚玉と烏龍茶《ウーロンちゃ》を」

店としては注文されれば出さないわけにはいかないが、いったいなぜこの娘はこの辺りにひとり訪れたのか。それも今日は平日で、学生なら出歩いている時間ではない。

鋭次が小麦粉をボウルに入れ、豚玉を焼く準備をしていると、娘は上機嫌で鼻歌でも歌っているのか、何かひとりごとでも言っているのか、かすかに声が聞こえた気がしたが、別に娘は携帯電話を出したりもしておらず、ひとり姿勢良く椅子に座っている。鋭次は困惑を深めるしかなかった。

鋭次の店で出しているお好み焼きは、いわゆる関西風のお好み焼きである。水と卵で溶いた小麦粉の中にキャベツとネギと肉を入れ、鉄板で焼いてソースを塗り、そこに鰹節《かつおぶし》と青のりをかけて食べる、極めてシンプルなものだ。一般的にはソースの上からマヨネーズをかけることが多いが、この店ではソースの味を乱すという理由で出していない。使う肉は豚と牛のみ。

メニューは基本、その肉の違いによる二種しかなく、豚玉、牛玉と記して値段とともに壁に貼っている。飲み物も烏龍茶と水しか用意していない。午後九時からの夜営業では酒も出すが、ビールと発泡酒それぞれ一種類だけだ。やる気のある商売には見えないだろうが、メニューが限られているので食品ロスが少なく、ほぼ常連客しか相手にしないので仕入れ量も読みやすい。赤字にさえならなければ良いという営業だ。

カウンターの鉄板の上で鋭次は二本のコテを使って素早く豚玉のお好み焼きを焼き上げ、ソースを塗って鰹節と青のりをかけて娘の前に出す。娘はマヨネーズがかかっていないのを不備とも言わず、箸を手に楚々《そそ》と食べ始めた。

鋭次は調理を終えるとこの娘と沈黙の中で二人きりでいるのに耐え切れそうもなかったので、問われてもいないのに自分から、言い訳でもないが話し出した。

「こんな住宅街のこんなさびれた、まるでやる気のなさそうな店がなぜ営業できているか、不審に思われませんでした？」

「そうですね。店主さんもまだお若くて、老後の趣味での御商売でもないでしょうし」

娘は案外、的を射た指摘をする。鋭次が年金で暮らしていける高齢者なら、こういう店を道楽でやっていてもありえると思われるかもしれない。けれど鋭次はまだ三十歳で、体格も良くて健康な働き盛りの男子に見えるだろう。客商売に向いているほど愛想《あいそう》は良くないので、この娘なら扉を開けて鋭次の顔を見た段階で逃げてもおかしくなかったとも思う。

鋭次は言葉を続けた。

「実はこの店は祖父から継いだというか、家をもらったというか、三年前、店を続けるならこの家と土地ごと譲ってやると祖父に言われて引き受けたんですよ。ここは店舗兼住居で、奥と二階で暮らしてるんです。もう十年前にはこの店の客は常連くらいしかいなくなってて、立地的にも店としてやっていけるものではなくなってたんですけど、逆に言うとここくらいしか集まれる場所がない連中もいるからって、祖父が続けてたんですよ」

祖父の時は年金と貯蓄で十分生活できたので、娘が言った通り趣味や道楽の範疇《はんちゅう》で営業ができたわけである。

「それで祖父が健康面から店を続けづらくなりだした時に、在宅で仕事をしている俺にそんな提案をしてきたんです。俺の本業はフリーのプログラマーなんですけど、その仕事の合間に店の営業をやってくれればいいと」

鋭次はプログラマーとしてそれなりの技量を持ち合わせ、仕事に困るということはないけれど、飛び抜けて優秀なわけでもなく、ひとり暮らしをしていたアパートの部屋は狭いものだった。そんな時に二階建ての家と土地をくれるという話は魅力的だった。

「昼と夜の二時間ずつの営業で週三日ほど開けてればいい、という条件でしたし、常連相手に同じ物を作っていれば十分とまで言われて、それならと継いだんです。学生の時に店を手伝ったこともありますし、難しそうには思えません。設備が使えなくなったら好きに店を畳んでも構わないって条件もついてます」

逆に店を変化させるなと言われたくらいだった。あくまで昔からの常連のために続けろという意図だろう。味や雰囲気を変えては、常連の好みからずれてしまうこともある。それでは意味がないと。

「だからやる気のある店に見えなくて当然です。店の収入は経費を引けばさして残りませんし、新しく設備投資したらたちまち赤字になります。生活費は営業時間外に本業で稼いでますよ。そちらだけでも暮らせなくはないですが、土地付きの家を持ってるのは何かと安心で」

やる気がなく見える店だけれど鋭次は社会人としてきちんと生活しており、だから客に対しても社会人として常識に反したことはしませんよ、というアピールのつもりだった。

まともに考えれば、警戒感が先に立ちそうな店だ。そんな店に雨に降られてやむを得ず入ってしまった、純真そうなこの令嬢を不安にさせてはいけないと、鋭次は必死に気を遣《つか》った。いくら浮き世離れした箱入りの御令嬢でも、時間が経てば自分は迂闊《うかつ》なことをしたのでは、と顔色を悪くする可能性はあるのだ。

できれば鋭次は彼女がそういう感覚に囚われず、このまま上機嫌に店を出てもらいたかった。だから正直を心掛けた。何よりこんな小さい娘の心を縮ませては鋭次の方が罪悪感に囚われる。できればずっと何も気づかずにいてほしかった。

娘は鋭次のそんな配慮を知ってか知らずか、マイペースにお好み焼きを食べながら朗《ほが》らかに応じてくる。

「そうお店を悪く言われますが、良い味ですよ。確かに食材に特別なものはなく、安いものばかりかもしれませんが、焼き加減のバランスがうまく取れています。中でもソースの味が絶妙です」

　誠実な目で娘は好意的過ぎるほどの評価を述べた。

「絶妙と言われても、普通にスーパーで買えるソースを何種類か混ぜただけですよ。家庭でも作れる簡単なものです」

「でも何をどれだけ混ぜるかはお祖父《じい》さんが考案された特別なレシピでしょう。それを見つけるのが簡単だったとは思えません。常連さんが多くいると言われて納得できる完成度です」

　日頃から洗練された物を食べていそうな娘に褒められ、鋭次は気分の高揚《こうよう》を感じた。何もこんな店で世辞を並べる必要はないだろうし、嘘など生まれてから一度もついたことがなさそうな娘なのだ。その言葉を信じない方が心が病んでいるだろう。

「ありがとうございます。俺も祖父のレシピは良くできてると思ってますよ」

　ともかく娘が店にも自分にも悪い印象を受けていないのに鋭次はほっとしつつ、この娘への困惑を多少解消しようと、情報を探ってみる。

「お嬢さんは学生さんみたいですが、今日、学校は休みですか?」

「ええ、ちょうど良く」

「この辺りにお知り合いでも住んでおいでで?」

「ええ、知り合いと言えば知り合いがいて、会うのは今日が初めてですが」

今ひとつはっきりしないが、人を訪ねてこの辺りに来たようだ。

鋭次はこれ以上の質問は断念する。困惑は残るが、下手に詮索《せんさく》するとこれも娘を不安にさせかねない。また初対面の相手に話せないことの方が多いものだ。

外に降る雨の音がはっきり聞こえだす。娘の予想通り、降りが強くなったのだろう。

そして鋭次が調理に使ったボウルを流し台に置き、水を張ってもう一度娘の方を見ると、娘は半分ほど食べたお好み焼きを前に、箸を握ったまま眠っていた。背もたれのない椅子で前にも後ろにも倒れず、器用に眠り込んでいた。

うとうとするといった前触れもなく、わずかに目を離した隙に娘は眠りに落ちていたのである。まるで薬物でも投与されたかのごとき唐突な眠り方だった。

「お嬢さん、そうして眠るのはちょっと危ないかと！　倒れかねませんよ！」

鋭次は大きな声で呼びかけたが娘はまるで反応せず、すやすやと眠っていた。

これはどうすればいいのだ。雨音しか聞こえない中、かくて坂下鋭次は本格的に困ることになっていた。この娘がもたれかかる所のない椅子に座ったまま眠っていれば、いつ倒れるか知れない。しかし声を掛けても目を覚ましそうにない。かといって鋭次が彼女に触れていいものか。店の中は二人きりであり、たとえ善意であろうと体に触れればどんな誤解を招くか。

ならば娘が自発的に目覚めるのを待つしかないが、それまで娘は同じ姿勢でいられるだろうか。鋭次が見張って大きく揺れた時に支えれば大丈夫かもしれないが、娘に不用意に触れるのには変わりない。そこでもし娘が何か勘違いして悲鳴でも上げれば、鋭次は言い訳に苦しむ立場になるだろう。いくら覚悟があっても、そんな展開で警察の厄介になるのはあまりに不本意だ。

つまりは打つ手がない。鋭次はカウントダウンの始まった爆発物を前にしたも同然に娘を見ているしかなかった。

雨音が徐々に小さくなっている。じきやむのだろうか。鋭次には時計の針の動きがやけに遅く感じられた。一時間は過ぎた感覚があるのに、まだ十分くらいしか経っていない。

そんな時、また店の扉が開いた。もう昼営業の時間は終わっていたが、表の札を準備中に変えていなかったのを思い出す。だがそうであってもこの時間に訪れる常連客はいないはずだ。

鋭次が眠れる令嬢から扉の方に少しだけ目を遣ると、そこには背の高い、ダウンジャケットを着た見知らぬ若い男が立っていた。細身でどこにでもいそうな平凡な顔立ちをした、いかにも社会で揉《も》まれていない、大学生風の青年だった。

今日は不意の客が来る日なのか。客なら昼営業が終わっていると無下に追い返すのはやはりここまで来て後味が悪いし、うまくすれば目の前に座る娘への対応で、鋭次が不埒《ふらち》な真似をしていないという証人になってくれるかもしれない。

鋭次が青年にどう応じるか頭を回転させながら「いらっしゃいませ」ととりあえず声を出そうとすると、青年はそれを遮《さえぎ》り、カウンター席に座る娘に目を遣りながらすかさず言った。

「すみません、僕は客ではなくて、彼女の関係者でして」

そして扉を閉じて店の中に入ってきながら申し訳なさそうに続ける。

「彼女は気を抜くとどこでも居眠りする癖《くせ》があるんです。特にこういう雨音がする日はそれがでがちで。少々のことでは起きなかったりもするんですよ」

青年は前もって用意していたかのように流暢《りゅうちょう》に事訳を並べるとがらんとした店内を見回し、さらに低姿勢に、人畜無害さを全力で表さんばかりにしながら続ける。

「お昼の営業は終わってますよね？　すみません、これじゃいつまで経っても店を閉められませんね。彼女はこのままかついですぐ連れ帰りますから。ええと、お会計はいくらです？」

青年は娘のそばに立ち、今にも揺れて倒れそうな彼女の体に手をかけようとする。

鋭次はカウンターの中からその手を制止した。

「待った。きみは本当にこの子の関係者か？」

青年は鋭次の方を向いたままきょとんとし、次に不思議そうに答えた。

「関係者でもなければわざわざ連れ帰りに来ないかと思いますが」

そうしながら青年はポケットに手を入れ、カードケースのようなものを出す。

「一応これ、僕の身分を証明するものですけど」

ケースから青年が出したのは、運転免許証と学生証だった。それによると鋭次でも聞き覚えのある大学の大学院生で、両方とも桜川九郎という名前と同じ住所が記されていた。生年月日からすると現在二十五歳、鋭次はそれを一瞥《いちべつ》しはしたが、今時これくらいの偽造は簡単だ。一時しのぎのためなら、精度が悪くとも構わない。それらが本物かどうか、すぐに判別できる人間は少ないのだ。

鋭次は眠る令嬢を前にカウンターの中にいたまま、青年、桜川九郎から目を離さずさらに問うた。

「ではなぜきみはこの子がここにいるとわかった？」

九郎はまだ要領を得ないみたいにしていたが、鋭次は畳みかける。

「この店は外からは中に客がいるか、まるで見えない造りになってる。この子を探していて外から気づくというのはまずありえない。さらにここは営業しているかどうかもはっきりしない店で、この子が足を踏み入れそうもない安っぽい外観だ。この子を探している時に、いるかもしれないと試しに扉を開けようとはまずしないだろう」

「彼女はこれで、店の外観とか気にしない性格で」

九郎は応じながらも、その表情はしくじりを自覚したみたいなものになっていた。

鋭次はすかさず九郎に突きつける。

「だとしてもきみは扉を開けた時、この子がいるのを確信している風だった。扉を開けて店内を見回しもせず即座に、この子が座っているのを見て安心したり驚いたりする間も取らず、この子の関係者だと発言した」

九郎はここでは考えるような間を少しだけ取った後、やや気弱そうに言う。

「それは、彼女がこの店にいると連絡をもらっていたので」

「この子は突然の雨に出くわし、営業中かどうか確認した後、緊急避難的にこの店に入った。だから店に入る前に、ここにいると連絡することはできない。そして店に入った時、携帯電話のバッテリーが切れていて迎えを呼べないと言っていた」

「いえ、それは」

九郎が言葉に詰まるみたいにし、次に眠れる令嬢を見た。いかにも余計なことを言いやがって、という責める目でだ。鋭次は令嬢のために補足する。

「バッテリー切れは俺の嘘だ。この子は店に入って携帯電話を一度も出しておらず、それについての話もしていない。きみが本当にこの子から連絡をもらっていれば、嘘をつくなと反論できた。この子が来店した時間帯の電話かメールの着信履歴も示せたはずだ」

鎌《かま》を掛けたわけだが、この桜川九郎と名乗る青年も嘘をついたと証明できた。ただこれだけで九郎を断罪するのは尚早かもしれない。まだ外堀を埋めるべきだ。

「そもそもきみはこの子とどういう関係だ？　大学院生がこんな子とどうすれば知り合いになれる？　身内や親類なら最初からそう言うだろう」

「それは、同じ学校の先輩と後輩で」

「苦しい説明だな。彼女はせいぜい十五、六歳、きみと十歳は離れているだろう。同じ中学や高校出身でも接点が生じるとは思えない。同じ部活に所属していればまだありえそうだが、その場合、学校ではなく部活の先輩後輩と表現するはずだ」

「こう見えて彼女は大学生で、二十歳を越えてるんですよ。だから学校での接点もあるわけで」

「それは苦しいどころか無理があるだろう」

こんな小さく、幼さも残る顔立ちで二十歳を越えているわけがない。泥縄式の説明をするから辻褄《つじつま》が合わなくなっているのだ。

「眠り込んだこの子をかついで連れ帰れるくらい親しいなら、きみとこの子が一緒の写真のひとつも携帯電話に入っていそうなものだが？」

「そういうのはその、いろいろ誤解を招くので送られてきても削除していまして」

「どういう事情かさっぱりわからないぞ」

「だから込み入った事情があるんですよ」

説明を放棄したのか、整合性が取れなくなるより強弁した方がましだと判断したのか。そう苦り切って言う九郎をなお鋭次は追及する。

「思えばこの子が眠り込んだ状況も不審だ。あらかじめ薬物でも飲まされていたみたいだった」

「彼女は普段からそんな眠り方をするんです」

「また無理があるな。それにきみは、店に入ってきた時からこの子が眠っていると確信してもいるようだった。きみはどうやってかこの子に気づかれず時間差で効く睡眠薬を飲ませ、眠り込んだところをさらおうと後をつけていた。しかし予期せぬ雨が降り出してこの子がこの店に入り、なかなか出てこないので眠り込んだと判断し、関係者を装って堂々とさらおうとした。そう見た方がまだ筋が通る。この子の身形《みなり》からして営利誘拐の対象にもなりそうだ」

「誘拐犯が顔をさらして身分証まで提示しますか？」

「身分証が本物かどうか俺には判別がつかない。顔にしてもきみは背の高さ以外、特別印象に残らないタイプだ。そもそも誘拐事件が表沙汰《おもてざた》にならなければ俺は目の前で犯罪が実行されたとも思わず、きみの人相や特徴を警察に訴えることもない」

堂々としていた方が疑いを招かないとも言われる。これはあくまで鋭次が一番に思いついた可能性でまるで間違っているかもしれないが、この青年が虚言を弄《ろう》してまで目の前の眠り姫の身柄《みがら》を自分のものにしようとしているなら、そこにはきっと犯罪に関わる何かがある。なら退くわけにはいかない。

九郎は額に手を当て、ひどく疲れたみたいに応じてくる。

「疑《うたぐ》り深《ぶか》いにもほどがあると言いますか、以前、似た状況で誰かさらわれるのを防げなかった経験でもあるんですか？」

「そんな嫌な経験があってたまるか。ただきみが怪し過ぎるだけだ」

鋭次は九郎の繰り言を一蹴《いっしゅう》し、眠り姫から一番遠い椅子を示した。

「やましいことがなければこの子が目を覚ますまでそこに座って待っていればいい。何時間でも付き合おう。不服があるなら警察を呼ぶが」

携帯電話を取り出して鋭次は目の高さに掲げる。このまま九郎が踵《きびす》を返《かえ》して店を出れば犯意があったのを認めるも同じであり、この子が目を覚ませば、あなたは誰か、と当人から問われかねない。どちらであっても彼の罪を明らかにできる。

「どうする？」

いざとなれば鋭次はカウンターから飛び出て格闘も辞さないつもりだった。むしろそうなった方がわかりやすくこの青年を断罪できて望ましいかもしれない。

しかし九郎はどういうわけか焦りの影も見せず、ぼんやり天井の辺りを見るようにしていたが、やがて小さく右手を上げ、こんなことを言い出した。

「警察を呼ばれる前に、ひとつ質問が。あなたはなぜそこまで必死に、彼女を守ろうとするんです？」

鋭次には質問が理解しかねた。少女を不審人物から守ろうとして何がおかしいのだろう。

九郎は眠る娘にちらと一度視線を向けた後、また鋭次に対して淡々と始める。

「よく知らない客が突然眠り込み、閉店時間を過ぎても起きず、対応に困っている時、その関係者という者が現れて身分証も示し、会計も済ませて連れ帰るというなら、普通はそこまで疑わないでしょう。少なくともいきなり犯罪とつなげてこまかな不審点を追及するまではしないと思われます。疑ってももっと穏当に、様子見をするのではないですか。僕が悪意を持った犯罪者ならどんな凶器を持っているか知れず、変に追及すればあなたに対してためらわず危害を加えるかもしれないんです」

「きみが嘘をついているのは明らかだ」

「恐ろしいことに僕はまったく嘘をついていないのですが」

九郎はそう嘆く調子で再び娘に責める目を向けた後、めげずに言《い》い募《つの》る。

「さておき、あなたは彼女を守る騎士の役目を果たしたがっているのではないでしょうか。だからあなたは僕がひどい犯罪者の方が好都合だった。そしてそのヒロイックに正義を為《な》せる機会を逃すまいと犯罪者である証拠探しに必死になった。そのため僕の説明を全て悪い方に解釈した。最初は似た経験があって見過ごせないとしているかと思いましたが、あなたはそれをきっぱり否定しました」

とぼけた顔をして、この青年は独自の考えを巡らせていたのか。鋭次は急に喉《のど》の渇きを覚え、唇《くちびる》を結んで九郎の声を聞いているしかなかった。

「僕の親類に、なぜ柄にもなく人助けをしたのかと問われた時、はからずも人を死なせてしまったので帳尻《ちょうじり》を合わせようと考えた、と答えた人がいます。よほどの悪人か確信犯でなければ、何かやましいことをした時、その埋め合わせをしたいと思うようです。よくある例だと、浮気した男ほど本命の恋人に優しくするといったものでしょうか」

九郎は小さく微笑《ほほえ》み、奇妙な論理をさらに展開する。

「そして意図しない罪を犯して間もないほど、人は過度に英雄的であろうとしがちでは。そのためあなたは僕がその罪を埋め合わせる犯罪者であってほしかった。彼女の命に関わりかねない犯罪者であるのを」

鋭次にそんな自覚はなかった。ただ言われてみればそうかもしれないという点はある。確かに最初から九郎を怪しみはしたが、疑いをあからさまにするのは良い手であったとは言えない。九郎の指摘通り、居直られて鋭次や娘に危害が及ぶおそれもあった。

なのにまるでそんな事態を恐れず、目の前の青年が悪人であり、それを直接倒す者になりたがった。娘をこの手で救う者になりたがったのだ。

九郎がひとつ息をつき、穏《おだ》やかに言う。

「もしやあなたは今日、何か大きな罪を犯したのではありませんか？」

そして鋭次の後方、店の奥を示す。

「仮にこの奥に死体が転がっていても、僕は驚きませんが」

どうかしている青年だ。よくそんな非常識な可能性を口に出せるものだ。それが正しいなら鋭次は殺人犯で、一人殺すも二人殺すも同じと九郎も死体にしようとしかねないと考えないのか。この場合、居直るのは鋭次の方になる。

鋭次は苦笑をもらし、親指で自分の後方を示した。

「それで、この奥に死体が転がっていたらどうするんだ？」

「どうもしませんよ。そばに死体があるのにあなたは彼女のために警察を呼ぶのを恐れなかった。はったりだったとは思えません。なら最初から死体を隠すつもりはなく、自首する気でいるのでしょう。なら僕が何かやる余地は最初からないでしょう」

九郎はそう信じて疑っていない目をしていた。鋭次を恐れず、断罪しようという意識もなく、ただひょんなことから関わってしまったのでやむを得ず事の説明をしているといった風だった。

鋭次は少し迷った後、携帯電話を握る手を下ろした。

「今日は昼に来る常連さんが多い日なんだ。だから休業は避けたかった。せめて昼営業くらいはまっとうしようと思ったんだ。その後、自首するつもりだったよ」

「そうですか。律儀な人ですね」

「祖父から任された店だ。できるかぎり期待に応《こた》えたかった。その祖父は少し前に病院で亡くなった。前から体を悪くして入院していたし、本人ももう長くないと言ってたから、それは仕方ない。ただ家を出て長く音信不通だった兄が数日前突然現れ、遺産を要求してきてな」

兄は二十歳の時に家を出、それから十二年以上過ぎていたのを、どこで祖父の死を知ったのか、葬儀を終えて二週間ばかり経ってから姿を見せたのだ。

「俺らの両親は早くに亡くなってて、祖父の身内は俺ら兄弟だけ。兄は借金こそないが、女性関係で金を必要としてたようだ。逆恨《さかうら》みされても嫌だから譲れるところは譲っても良かったが、祖父が大事にしたこの店に手を出そうとした。兄は今日の昼前にあらためて店にやってきて俺と口論になり、挙げ句ナイフを出して俺を殺そうとしてきたんだ」

店も土地も店を引き受けた時に鋭次の名義になっており、祖父の遺言でも兄には何も遺《のこ》していない。このままでは大した取り分にならないと考えたのだろう。もしかすると店や土地が鋭次のものになっていると知らず、当てにしていたのが霧散したので殺そうと感情的になったのかもしれない。

「どうも最初から殺すつもりで来たみたいだ。音信不通の間、ろくな暮らしをしてなかったんだろう。そこで俺は夢中で抵抗しているうちに兄を返り討ちにしていた」

殺意はなかったはずだ。揉み合っているうちにいつの間にか兄の持っていたナイフを奪い、胸に突き刺していたらしい。鋭次もはっきりとは覚えていない。気づけば兄は胸にナイフが刺さった状態で畳の上に転がり、息絶えていた。

九郎が心から同情するように口を開く。

「災難でしたね。でも正当防衛が成り立つ状況ですし、悲観したものではありませんよ」

「どうかな。状況を知ってるのは俺だけだ。兄がナイフを出したのも脅しだけで殺すつもりまではなかったとか判断されかねない」

ナイフを奪って突き刺しておいて殺意がなかったという主張をあっさり信じるほど警察はお人好《ひとよ》しではないだろう。そう思うと、九郎の発言で腑に落ちる点もあった。

「きみの言う通り、俺は自分が人を殺した埋め合わせをしたかったのかもしれない。それで自分は誰かを助けるのに必死になれる人間で、悪人じゃないと自分や周りを納得させたかったのかも。そうすれば正当防衛も認められやすくなるかと」

「さて、そうとっさに打算的に動けるものでしょうか。僕の論理はずいぶんといい加減で、実際は間違った結論を導く方が多そうですが」

九郎は真相を捉《とら》えた自身の論理をそう茶化《ちゃか》した。鋭次は少しだけ口許を笑ませる。

「そうだな。実際間違いがあるよ。死体があるのは奥じゃない、二階だ」

言いながら鋭次が上へ視線を向けると九郎も上を向くようにし、

「二階でしたか。それは気づきませんでした。頭の上に死体があり、目の前に犯人がいるというのにその調子とは、この青年はどこまで肝が据わっているのか。

と呑気《のんき》な声で返してきた。頭の上に死体があり、目の前に犯人がいるというのにその調子とは、この青年はどこまで肝が据わっているのか。

鋭次はそうあきれて九郎を見直そうとすると、さらに下の方から、がん、というひどく鈍い音と、「ぐがっ」という蹴飛《けと》ばされたひきがえるの呻《うめ》きみたいな声が聞こえた。驚いて視線を下げると眠り込んでいた娘が体を前方に倒し、座ったまま額をカウンターに打ち付けていた。鉄板部分ではなくその周りの木製部分だったのは幸いだったが、これを危惧していたのに鋭次は防ぎ損《そこ》ねてしまった。

さすがの眠り姫もこれで目を覚ましたらしく、鋭次や九郎が手を貸すまでもなく、赤くなった額を撫《な》でつつ唸《うな》りながら体を起こし、周囲を見回す。それで九郎に目を留めると、首を傾《かし》げて言った。

「おや、九郎先輩、どうしてここに？」

「どうもこうも、お前がここで眠り込んだと聞いて回収に来たんだ。居眠りするのはいいが、店に迷惑をかけるな」

娘の口振りからして青年と親しい間柄なのは明らかで、先輩後輩という関係も嘘ではなかったようだ。九郎というのも偽名ではないらしい。

娘は目覚めてすぐの説教に、傍《かたわ》らに立て掛けたステッキを手に取って握りの方を九郎の頬《ほお》に突きつけながら反抗的に返す。

「大学の課題も重なって最近睡眠不足なんですよ。そもそも先輩がぐずぐずしているからこの店に入ることになったんです」

鋭次の第一印象と違い、娘はこの九郎に対する時は高圧的で遠慮がない。名家の無垢《むく》な令嬢というには態度がいかにも悪いのはどうか。それに娘が大学生なのも真実だったのか。

九郎は慣れた様子で鬱陶《うっとう》しそうにステッキを払い、娘もそれで気が済んだのか一転して調子良く隣の椅子を示した。

「それはそうとここのお好み焼き、なかなかのおいしさですよ。せっかくですからひとつ食べていっては」

「だから店に迷惑をかけるな。昼の営業時間は終わってるみたいだぞ」

鋭次にすれば、不当な嫌疑をかけてしまった九郎が求めれば謝罪の意味でも焼かないといけないし、自首によって余らせる食材の量を減らす意味でも焼くのはかまわなかった。ただ九郎の心理的にはどうだろうか。

鋭次は九郎に恐る恐る問う。

「まだ営業してもいいが、事情を知ったきみはここで俺の作ったものを食べたいか？　俺は常連さんのために営業しなくちゃ、と深く考えず店を開けたけど、後で事情を知った皆が嫌な気持ちにならないか不安になりだしてたんだが」

二階に殺されて間もない死体のある店で、その犯人の作ったお好み焼きを食べるのは気分の良いものではないだろう。後でそうと知るのもだ。だからこの娘の注文を受けるのもためらいがあり、後々まで何も気づかないままであるのを願ったくらいである。

九郎は娘と鋭次を見比べ、諦念《ていねん》も露《あら》わに娘の隣に座った。

「まあ、僕は別に気にしませんけど」

「私も気にしませんよ。じゃあ九郎先輩にも豚玉で」

娘は勝手にそう注文し、まだ残っている自分の豚玉のお好み焼きに箸を入れて平らげようとする。鋭次はつい、その箸を止めたくなった。

「気にしないって、わかって言ってます？」

「死体が二階にあって自首されるおつもりなんですよね。きっと正当防衛が認められますよ。あなたがナイフを奪って刺したというより、揉み合ってるうちに二人して倒れ込み、お兄さんは自分の握るナイフを自分に刺してしまった、という状況じゃあないですか。柄についた指紋等から警察もそう判断するでしょう。常連の皆さんも店を守るためにやったのなら褒めこそすれ責めはしませんよ。お兄さんの評判も悪いみたいですし」

娘はひと息にそう語ると、目を丸くする鋭次を気にするでもなく、お好み焼きをつまみだす。

まさか彼女は居眠りしているふりで、全部聞いていたのか。何の意味があってそんなことを。だいたい鋭次でさえ記憶にない経緯をどうしてそう語れるのか。

鋭次は九郎にそれを質そうとしたが、その彼は娘と無関係を装うごとき態度でよそを向いていた。

求める答えはどう訊いても返ってきそうになく、鋭次は結局、九郎のための豚玉を焼くのに専念した。


岩永琴子は雨宿りのつもりで入ったお好み焼き店を九郎と一緒に出て歩きだした。住宅街なので九郎が乗ってきた車を駐めるスペースが近くになく、少し先まで歩かねばならなかったのである。空の色は暗いが雨は上がっており、水たまりに気をつけながらステッキを突いて進む。

「近くの化け物の相談を聞きに来ただけだったのに、偶然面白い店に入れたものです。日頃の行いが良いからでしょうね」

岩永がお腹も心も満足したのでそう言うと、九郎が非難するように訊いてきた。

「逆に悪いからだと思うが、いつあの店に死体がある事情を知ったんだ？」

「店に入って椅子に座った時、あの家に憑《つ》いている家鳴りがそばに来て説明してくれましたよ。このままだと店主さんが捕まってこの家までなくなりかねないから、うまくおさめられないかと相談されて。店主さんは怪異をまるで感じない方でしたが」

妖怪、幽霊、あやかし等々の知恵の神として、岩永はそれらから相談を受ければ知恵を貸し、解決しないわけにはいかない。

「状況を詳しく聞いたら正当防衛が成立しそうですが、念のため他の幽霊や妖怪に補強の証拠を探させています。それらが出てくればちゃんと警察に伝わるようにしますよ」

店主に気づかれないよう、さりげなく小声で指示を出すのは手間であったが解決の目途をつけるのはたやすかった。

「とはいえ相談が簡単に片付きそうと気が緩《ゆる》んで眠り込んだのは良くなかったかもしれません。お腹も満たされだして、雨音もうまく聞こえて」

「僕は僕でそんな幽霊のひとりから、お前が死体のある店で眠り込んでいるからすぐ迎えに行くべきでは、とだけ連絡を受けて、慌てて駆けつけたんだぞ。店に来たら他の幽霊に詳細を教えられて慌て損とわかったが」

「最初から私と一緒に行動していれば慌てなくて済んだんですよ」

「お前が別件の処理を僕に頼んで他へ走らせてたんだろう」

だとしてもその処理に手間取って、岩永がひとり雨に降られることになったのは反省すべきではないか。第一、この男はこの男で店に来て妙な対応をしているのだ。

「先輩は先輩で、どうしてあそこに死体があると指摘したんです？　目を覚ましたら近くに控えていた幽霊が一連の御活躍を教えてくれましたが」

九郎はいかにもうんざりと肩を落とした。

「お前を連れ帰ろうとしたら関係性を疑われたんだ。本当のことを話してもいっそう疑われて誘拐犯扱いだぞ。下手に動こうものなら、すぐに警察を呼ばれかねなかった。別にやましいことはないが、それだと恐ろしく面倒が増えるのは決まっている」

「関係性も何も、自分の可愛い恋人だと二人一緒の写真を見せれば解決でしょう。私の撮ったものはだいたい先輩の携帯電話に送ってますし」

「そんな外聞の悪いものは全部削除してる」

「なぜ恋人と一緒の写真が外聞悪いのか」

ステッキで九郎の太もも辺りを連打したが、痛みを感じないこの男は涼しげに説明を続ける。

「それでさも推理で導いたように幽霊から聞いた真実を語ってみせ、あの人の注意を僕やお前から逸らそうとしたんだ。その隙にお前を起こそうとな。指摘が全部正しいとかえって不審だからわざと間違いも含ませた」

少々道化じみた行いであるが、機転が利いたところもあるのは認めるべきだろう。岩永はそう素直に感心したが、はたと気づいた。

「私を起こそうとって、私がカウンターに頭をぶつけたの、先輩のせいですか？」

「ちょっと背中を押しただけだ」

「ちょっとでも被害は甚大でしょうがっ」

起こすにしてももっと優しい方法があったはずだ。そして九郎が少しも悪いと思っていないのも明らかだ。岩永が文句を並べるのを無視し、九郎は遠ざかるお好み焼き店を振り返りつつ言う。

「面倒はあったが、お好み焼きはおいしかったな。特にソースが」

「あそこの家鳴りによれば、夜営業の時はお酒に合うソースに変えているそうですよ。そちらも食べてみたいので、またすぐ営業再開となればいいのですが」

ソースは市販品を何種類か混ぜただけのものだそうだから、岩永ならその家鳴りや店に出入りする幽霊に商品名と配合率を調べさせ、レシピを真似ることはできる。ただ秩序の守護者の行いとしてはこずるい感じがするのでやめておいた方がいいだろう。

九郎が小さく苦笑を浮かべた。

「それに今度は死体が二階にない状態で食べたいよ」

「え、実は気になってたんですか？」

「それは気になるだろう」

「いつも幽霊がいる所でも普通に食事してるじゃあないですか。それと何の違いが」

岩永にすれば死体も幽霊も大差はないとも思えるのだが。殺された時の血まみれや頭蓋《ずがい》の砕《くだ》けた姿で幽霊になっているものも多く、それらは普通に辺りを浮遊していたりして、飲食店にいる時だってある。今日だって九郎はそんな幽霊から連絡を受けて、あの店に一緒に来ているのだ。その日常的な存在のあるなしくらいで味が変わるわけがない。

九郎はこの指摘に難しい顔をすると、

「僕も本当にお前に毒されてるな。心掛けて常識をわきまえないと」

と岩永を諸悪の根源みたいにしみじみと言った。ならばまず恋人としての常識をわきまえてもらいたいものだと岩永は重く返してやった。

かくてあらかじめ失われ……

　やっぱりこの世はままならない。十六歳の木澤美矢乃《きざわみやの》はそう思う。あと二ヵ月もすれば十七歳になるが、ちょっと歳《とし》が増えたところでいろいろままならないのだ。

　身長は百七十センチを越えたというのにまだ伸びている。それについて幼なじみの男子からずるいと文句を言われる。髪質が固くてうまくまとまらない。贔屓《ひいき》にしているミステリ作家が一年以上新作を発表していない。好きなお菓子は値上がりするし、六年前母と離婚して行方知れずだった父の栄貴《えいき》が妙な死に方をした。

　高校からの帰り、美矢乃は最寄り駅の改札を出て、自宅マンションに向かってそう憂鬱《ゆううつ》に歩き出す。すると後ろから駆けてきた幼なじみの紫藤《しどう》昴《すばる》が彼女の横につき、こんなことを言ってきた。それもままならない話だ。

「美矢乃、とうとう理想の女の子に出会ったんだ！」

　二月十七日、金曜の夕方だった。美矢乃と昴は同じ私立高校の同じ学年で、住んでいるマンションも同じで部屋は隣同士、当然最寄り駅も同じだ。今日は下校の時、昴は同じ電車に乗っていなかったと美矢乃は思ったが、別の車両にいたらしい。最寄り駅で電車が停車した時、改札口に一番近い車両に乗る習慣になっているのに、今日はそうする時間がなく、駆け込み乗車でもしたのだろう。

美矢乃はできる限り淡々と言った。

「昴の理想の女の子は現実にはいないって」

「でもいたんだ！　本当に理想通りで！」

昴は美矢乃を見上げ、興奮冷めやらぬ顔で主張する。

駅からマンションまで徒歩七分弱。美矢乃のペースでは五分ほどで着く。昴の歩幅は美矢乃より狭いが、早足なので並んで歩くのに気遣《きづか》いはいらない。

「きっと寝ぼけて見間違えたとかだよ」

「お化けじゃないんだから」

美矢乃が優しく言ったのに、昴は真面目《まじめ》に聞けとばかり声を硬くする。それでも美矢乃はとても真に受けられなかった。

「でも昴より小さくてとんでもなく可愛くて、大人っぽいけど年上じゃない女の子なんているると思えないよ」

「可愛さは普通にでいいからな」

「昴は自分が可愛いから、普通の基準が高くなってるんだよ」

「だからそれが基準だと高くなるの」

昴は尖《とが》った声で否定してきたが、美矢乃はしっかりと再否定する。それは美矢乃の主観ではない。昔から昴の可愛さは節目節目で噂になるのだ。高校に入学した時も上級生がわざわざ一年の教室まで見に来て、噂通りと納得していた。目は大きく、口は小さく、童顔で肌つやがいい。髪の毛もさらさらとしていて子猫を思わせる。可愛い条件は揃《そろ》っている。

　さらに昴は背が低い。本人は百五十二センチと言っているが、美矢乃の目測では何とか百五十センチくらい。美矢乃も人に身長を訊かれれば少し低めに言うので敢《あ》えて確認はしていないものの、男子としては目立つ小ささだ。女子でもその背丈だと最近は小さい方に入るだろう。

　当人は昔からそれがコンプレックスで、付き合うなら絶対自分より背が低い女子と公言していた。自分が目立たないくらい可愛いことも強く望んでいた。必然的に対象者は少なくなるのである。

「その上大人っぽいのがいいとか何よ。『可愛い』は『幼い』って意味も含むのに」

「俺は子どもっぽいのが嫌なだけだ。可愛いけどしっかりした感じがいいっていうか」

「はいはい、なのに年上は嫌って言う。昴は年上に人気があるのに」

「俺はそんな可愛くはない」

「年上は俺をすぐ子ども扱いしてくるから嫌なんだよ」

「だって昴は可愛いから」

昴は年上の女性に愛《め》でられやすいのである。さながら愛玩《あいがん》動物のように。そういう扱いが男子として今ひとつ受け入れ難《がた》い心情も理解はできる。

昴はそんな現実を払いのけるように背伸びして言った。

「だとしても、さっき見た子は普通どころかすごく可愛かった！　学校の近くの横断歩道で信号待ちをしてたら、その子が横に立ったんだ。見てすぐ息が止まったよ。俺より小さくて、赤いベレー帽に赤いコートを着て、右手にステッキを持っててさ」

ステッキを持っているとは、寝ぼけて見間違えるには具体的で珍しい特徴だ。

「顔立ちからしてせいぜい僕らと同年代か少し下。でも子どもっぽくなくて、清純そうで、名家の御令嬢みたいな凛々《りり》しさがあってさ！」

名家の御令嬢か。それは盲点だったかもしれない。厳しく育てられていれば、可愛い容姿でもしっかりした雰囲気を持つかもしれない。

「声を掛けたの？」

美矢乃が問うてみたら、昴は目を逸らした。

「あまりに理想通りで呆然《ぼうぜん》としてたら、いつの間にか信号が変わってて。我に返った時には見失ってた」

その子が近辺在住でなければ再び遭遇する可能性は限りなく低い。すると千載一遇のチャンスを逃したことになる。美矢乃は当《あ》たり障《さわ》りのない慰めをかけてみた。

「縁があればまた会えるよ。案外その子も昴の可愛さに驚いて印象に残ってるかも」

「あの子に可愛いとか思われてたくはないんだけど」

昴は肩を落とし、自分の不甲斐《ふがい》なさを嘆くようにした。けれどじき頭を上げ、大きな瞳《ひとみ》を気遣わしげに美矢乃へ向ける。

「それで、美矢乃は大丈夫か？」

「何が？」

心当たりはまるでないとばかりに応じたが、昴はいっそう真面目な顔になった。

「栄貴さんが殺された事件、犯人は捕まったけど厄介なことになってるんだって？　うちの父さんも志乃《しの》さんから相談されてるって言ってた。美矢乃もここ最近、だいぶ調子悪そうだから」

確かに日々の鬱屈《うっくつ》がいや増したのは三日前からだ。表には出さないようにしていたはずだし、学校で友人から不審がられてもいない。母の志乃も何も言ってこないが、これは自分の心配事に耐えるのに気を取られているからだろう。

「そんな風に見える？」

昴の感覚がおかしいのでは、とばかりに美矢乃は答えたが、昴は不当な評価に抗議するなじみに過度な要求をする発言は避けるべきだろう。昴だって何でも気づくわけではない。

十二年くらいだが、そんな幼なじみでも気づかないものは気づかないだろうし、世の幼

「見えるよ。何年幼なじみやってると思ってるんだ?」

ようにすぐ様返す。

い。

つい美矢乃がため息をつくと、昴はまた気遣わしそうに尋ねてきた。

「いくら六年以上会ってない父親でも殺されるとショックだよな?」

「ショックはショックだけど、事件の真相が推理小説みたいで、まだ何か現実感なくて」

「そうか。でもやっぱり何かあるんだろ?」

やはり昴はあっさりとは退かない。

美矢乃は昴とマンションに着き、エレベーターが一階に下りてくるまでの間どうするか迷ったが、結局抱《かか》えている問題を共有してもらうことにした。変に勘繰られても困る。

「実は犯人が偽造した父さんの遺書を、誰かが現場から持ち去ったのが問題になってて」

昴はどうにもわかりかねるといった顔をした。

「犯人が偽造した遺書って、どうでもいいもんじゃないか?」

本物の遺書なら取り戻す意味もあるだろうが、偽造の遺書に何の価値があるか、すぐには理解できないだろう。

「それがどうでもよくない上に、持ち去った目的がわからないいんだよ。だから気味が悪くて」

そう、わけがわからないのが母の志乃も美矢乃も怖いのである。


「結局九郎先輩と六花さんの心の狭さが悪いんですよ」

何のことか知れないが、ソファに座った岩永琴子が缶ビールを開けながらそう責任転嫁してくるのに、桜川六花はうんざりしつつもきちんと反論した。

「夜中、突然訪ねてきたあなたを部屋に上げてもてなしている私にずいぶんな物言いね」

「その文句もちゃんと部屋にいない九郎先輩に言ってください。何が楽しくて私が六花さんの所にわざわざ来ないといけないんですか」

現在、六花はゆえあって従弟の桜川九郎と同じマンションの違う階に住んでおり、その九郎が不在だったので岩永は不承不承に六花の部屋にやってきたらしい。

「九郎がいなければおとなしく帰ればいいでしょう」

もしくは岩永は九郎の部屋の合鍵を持っていたはずなので、勝手に上がり込むこともできたろう。合鍵がなくともこの娘なら中に入る手段くらいいくつも持っている。現実的なものから超現実的なものまで。

「誰かに愚痴《ぐち》のひとつもこぼさないとやってられなかったんですよ。まったくあの男は肝心な時にいないいんですから」

岩永は言って缶ビールを口に当てて傾けた。いかにも腹立たしげにしているが、六花にすると岩永も迂闊である。

「いるかどうか電話かメールで確認してから来ればいいでしょう」

「そんな確認をすれば、九郎先輩は無理にでも用を作って留守にするかもしれないじゃあないですか。確実に部屋に上がり込むには確認しないのが最適なんです」

冴《さ》えたことを言っているようではあるが、九郎の恋人を自任しているのにそんな扱いをされるのに思うところはあまりないらしい。

「今日はアルバイト先から急に助けを求められたそうですが。明日の夜まで帰れないと返信がありましたよ」

九郎に不在を責める連絡を入れたらしい。迷惑な娘である。

六花も缶ビールを片手で開ける。ちなみにこれらのビールは六花が冷蔵庫に常備していたもので、つまみとして冷凍の枝豆を電子レンジで解凍してテーブルに置いていた。

六花がこのマンションに居を構えて三ヵ月以上経ったものの、最低限の電化製品と家具を揃えはしたが後はろくに手を加えておらず、簡素な部屋だ。あまりに物も生活感もないと、すぐこの暮らしを捨ててまた放浪生活をするのではないかと疑われそうなので、テーブルにはわざわざ買ってきた洒落《しゃれ》たテーブルクロスを広げ、食器類もこうして岩永がやってきても対応できるくらいの数は棚に入れ、定住の意思がにじむようにはしている。玄関には岩永が外出時に使っているステッキを立てておけるスタンドも用意したくらいだ。

また岩永は大抵ベレー帽もかぶっているので、帽子掛けも部屋の中に置いてある。今日も岩永はそれがあるのは当然とばかりそこにコートの色と合わせたのであろう赤色のベレー帽を掛け、遠慮もなくソファに座ったものだ。ちなみにコートを掛けておけるハンガーも最近買った。コートが皺《しわ》になるじゃあないですか、と寒くなってからこの部屋を訪れるたびに文句を言われるのが鬱陶しかったからである。

六花は缶を口に運びながら岩永に尋ねた。

「それで私や九郎に恨み言を並べたいほどの何があったの？」

「この前、六花さんにも話したかと思いますが、化け物達のいたずらの件ですよ」

「ああ、犯人がせっかく作った密室を、壁とか通り抜けられる化け物が中から開けて台無しにするというあれ？」

いたずらと呼ぶには悪質と言うか、殺人犯に対するいたずらに悪質もないだろうと擁護《ようご》すべきと言うか。密室とは言わずもがな、扉や窓が内側から完全にロックされ、出入りが不可能になっている部屋のことだ。そんな部屋で死体が発見された殺人を推理小説などでは密室殺人と言う。

それを化け物が台無しにするとは、誰かが人を殺し、その死体のある場所を密室にして立ち去った後、妖怪や幽霊が壁をすり抜けたりわずかな隙間から中に入り込んで内側からロックを外してドアや窓を開け、せっかくの密室を無効にする、ということだ。そういういたずらが化け物達の間で流行っているらしい。

何でも密室にしたはずの現場がまったく不審な形跡もなく、なぜかごく普通に開いていて普通に死体が発見されているのを知った犯人が、わけがわからず混乱する様子を見るのが面白いらしい。確かに犯人にすれば意図的に作った密室が知らない間に開けられていれば困惑し、やがて恐怖に陥《おちい》らざるをえないだろう。人が慌てふためく姿は悲しいかな妙なおかしさを伴うものである。

最初六花がこのいたずらについて聞いた時、それほど密室殺人がこの世で行われているものかと疑ったが、自殺を装った殺人で時々使われたりするらしい。

妖怪や化け物、怪異といったものの知恵の神である岩永は、そのいたずらが世の秩序を乱すきっかけになりかねないとやめるよう通達したそうだが、楽しいことはやめられないのもまた世の真理ゆえ、なかなか徹底されないようだ。

岩永は唇を尖らせる。

「殺人事件を怪異が無闇《むやみ》に混乱させれば、いずれどんな悪影響が出るか知れません。だからせっかくの密室を台無しにする悪い化け物は、九郎先輩や六花さんに八つ裂きにされるぞ、という脅しを広めようとしたんです。なのに二人とも怒って反対するから、抑止力が不足しているんですよ。おかげで私がいらざる苦労を」

「勝手に脅しの道具にされれば普通は怒るものでね」

九郎と六花は子どもの頃、人魚と件《くだん》という二種類の化け物の肉を食べ、極めて特異な能力を得てしまい、その化け物や怪異達からも恐れられる存在になってしまったが、そういう風に利用されるのは釈然としない。さらに六花の身の上では岩永の方がよほど恐ろしく、自分の方がいつ岩永から八つ裂きにされるか知れないとさえ思っていた。

岩永琴子はすでに成人した大学二年生というのに、百五十センチメートルに満たない背丈に顔立ちもいまだ幼さが残り、中学生の少女にも見えかねない。何も知らない人からすれば陶磁器製の人形めいた、非常に可愛らしい女の子といった印象を与えるが、実際はそんな可愛らしいところはひとつもない。

少なくともこうして今も缶ビールを飲みながら慣れた手つきで枝豆を食べている姿を可愛いと呼ぶべきではないだろう。

「さすがに私の意向を皆が無視はしませんし、そう頻繁に密室殺人も起こりません。けれど先月、ある男が自殺を装って人を殺し、部屋を密室にして去ったんですが、その直後に部屋を開けるというたずらを懲《こ》りずに行った化け物達がいまして」

岩永はソファに背中を預け、六花の感情などまったく気にせず、本格的に愚痴をこぼすようにそう話し出した。

その男の犯行をまとめるとこういうものらしい。

現場は郊外にある、二階建て八部屋の古いアパートの一室、一階の手前から二つ目の部屋。六畳一間に風呂《ふろ》・トイレがついたこぢんまりとした部屋だそうだ。表のドアを開けるとすぐ右側に風呂・トイレのドアがある造りだという。

時は一月二十日、午後十時半頃、その部屋を訪れた犯人はその住人に睡眠薬を飲ませ、筆跡を真似て偽造した手書きの遺書を封筒に入れ、胸ポケットにはみ出す形で突っ込み、首吊《くびつ》り自殺を偽装して殺害した。

首吊りと言っても高い所にロープをかけてぶら下がる、といった形式ではなく、床に正座し、首より高い位置にある何かにロープを結び、輪にしたもう一方の先を自身の首に掛け、前方へ倒れ込むようにして首を絞める、という首の吊り方だ。

現代のマンションやアパートでは大人がロープを掛けてぶら下がれる梁《はり》や鴨居《かもい》はそうそうなく、実際の首吊り自殺でも座っての方法がよく見られるという。またこの方法だとぶら下がるより体重が掛かりにくく、絶命まで時間を要するため、より苦しく、失敗しやすかったりもするという。だからか自殺志願者はあらかじめ多量に飲酒したり、睡眠薬を十分に服用し、朦朧《もうろう》とした状態でこの方法を実行する例があるそうだ。

先例があるので犯人が住人に睡眠薬を飲ませ、自殺を偽装しても警察の捜査で不審には思われない。またその部屋の隣の一方は空き室で、もう一方は夜勤の男性がひとり暮らしで犯行時は留守。壁は薄いけれど、気づかれずに殺人その他の工作を行える状況だった。

犯人はトイレのドアノブにロープを結び、眠り込んだ住人をその前に座らせる。次に輪にしたロープの一方を住人の首に掛けた。輪はロープが引っ張られれば住人の首を絞めるようになっている。

そして犯人は住人の体を前に倒した。体重でロープが引っ張られ、上半身が傾いた形で空中で止まり、首が絞められる。住人はわずかながら意識を取り戻し、うめいてもがこうとしたが、首のロープをどうにかする前に絶息した。

犯人は住人の死亡を確認すると被害者の携帯電話を操作してテーブルに置き、続いて自分が訪れた痕跡を消し、表のドアの錠のみを掛け、その反対側、部屋にひとつだけある窓から外に出る。窓の錠はつまみを上げるとロックされる単純なクレセント錠で、犯人はあらかじめ釣り糸をつまみに引っ掛け、窓の隙間からその糸を外に出し、引っ張ればつまみが上げられるようにしておいた。

部屋が古く、つまみに溝状の傷があって糸を掛けやすかったこと、スライドする二枚の窓ガラスは通常なら閉じればぴったりと隙間なく合わさるようになっているが、経年劣化で気密性が緩み、ロックされてもわずかに隙間が生じるようになっていた。犯人はその隙間を利用してうまくつまみを外から上げ、部屋を密室に仕立ててそこを立ち去ったのである。

「一連の殺人から工作まで、化け物達は近くで見ていたのね？」

六花はつい指摘してしまった。

岩永は何を今さら愚問を、と言わんばかりに手を振る。

「これは自殺と思わせるための密室殺人をやるみたいだぞ、と興奮しながら見ていたそうですよ。木の精、鳥の化け物、亀《かめ》の幽霊の三名だとか。最終的には部屋の中に入り込んで間近で見ていたと言います」

そこまで近くにいたなら殺人自体を止めるべきでは、という常識を六花は口にしかかったものの、化け物に人の倫理を押しつけるなと言われるのが落ちだ。

価値判断はひとまず棚上げし、六花は先を促《うなが》す。

「その犯人は良くも悪くも怪異を感じられなかったのね。感じられれば化け物に見られながらの偽装工作はやれたものじゃなかったでしょう」

「そうだと私も悩まず済んだのですが。ともかく化け物達は犯人が立ち去るとその工作を全て台無しにしました」

岩永によると、化け物達は首吊り自殺に見えないよう、ロープを首とドアノブから外して床に放り出し、その横に死体を転がした。表のドアも解錠し、さらに半分くらい開け、部屋の前を誰かが通りかかればすぐ死体を発見できるようにした。ついでに胸ポケットに突っ込まれた偽造の遺書まで持ち去った。

　また化け物達のうち一匹は背後霊のごとく犯人に付いてその所在を見失わないようにし、同好の仲間にも声を掛けて呼び寄せる。そうして犯人がせっかくの密室を何者かに台無しにされたと知り、混乱し、恐怖する時を待っていた。

「死体は翌朝、午前七時頃、夜勤から帰ってきた隣の部屋の住人によって発見されました。被害者とは親しくなかったものの、前を通りかかった時に一月というのに開けっ放しのドアを不審に思い、見るともなく中を見たら、倒れている被害者に気づきました。最初は体調不良で倒れたのかと中に入って助け起こそうとしましたが、首にロープの跡があるのが目に入り、ただ事ではないと直感して死体に触らず警察を呼んだと」

　現場保存を考えてではなく、他殺体に触れるのが怖かったのかもしれない。夜勤明けの朝から死体の第一発見者になるというのも災難であったろう。

「夕方には殺人事件として詳細が報道されています。当然、密室も自殺も遺書の存在も報道にはなく、死体発見の経緯にしても犯人にとってはありえない流れのはずです。その報道を見れば、犯人は困惑し、混乱し、恐怖に肌を粟立《あわだ》てるはずでした」

　岩永は言いながらつまらなそうにビールを飲むと、缶が空になったのを六花に示す。六花は自分の手の缶をテーブルに置くと立ち上がり、冷蔵庫から新たな缶を持ってきて目の前に置いてやる。

岩永はそれに手を伸ばしながら続けた。

「しかしその夜、問題のニュースを自宅の部屋で見た犯人は青ざめもしませんでした。それどころか『よし、計画通りだ。想定の中で一番の結果だ』と嬉《うれ》しそうに笑って両の拳《こぶし》を上げたそうです」

犯人の反応は六花にも意外なものだった。

「密室が台無しになってるのに計画通り？　偽造した遺書もなくなっていて？」

岩永は肯く。

「これには化け物達の方が混乱し、慌てました。まさかこの犯人は化け物が密室を台無しにするのを計算に入れていたのか、自分達はこの犯人に利用されたのかと」

そう思えるのも無理はないが、六花は半《なか》ばあきれつつ否定した。

「犯人は怪異の存在を感じられないのに、計画に組み込めるわけがないでしょう」

「感じられないふりをしていたとしても、その怪異がいる所でそんな言動はしませんね。利用されたと知った怪異が怒ってどんな行動に出るか知れないんですから」

六花より一段うがった否定の論理を岩永はさらりと提示してみせる。癪《しゃく》に障《さわ》るがやり返しても不毛なので、六花は黙って岩永の説明を聞いた。

「その犯人の予想外の反応に化け物達は恐怖さえ覚え、私の所に相談に来たんです。あの男が何を考えているのかはっきりさせてほしいと」

岩永は化け物達の知恵の神で、その悩みやトラブルを解決するのが大きな役目でもある。その神様が、みだりに密室を開けるな、という通達を出していたのだから、無視していた化け物達も相談しにくかっただろう。それでも岩永に頼らないではいられないほど化け物達は犯人の言動に恐怖したのかもしれない。

事件の状況は六花にもよくわかったが、犯人や被害者の名前、社会的な立場、殺人動機等はまだ教えられていないので、具体的にその言動の理由を推測する気になれない。

「それで、その謎が解明できず苦労していると？」

「それはすぐわかりましたよ。え、六花さんはわからないんですか？」

心底驚いたように岩永は言うが、小馬鹿《こばか》にされているとも感じた。

「わかるほど情報を出してないでしょう」

六花はつい苛立《いらだ》った調子になってしまったが、岩永の反応からすると、真相はこれまでの情報から類推できる程度とは察せられる。

「そういえばあなた、犯人が表のドアの錠のみを掛けた、と言っていたわね？」

のみ、とわざわざ付けるなら、ドアには他にまだ施錠に類するものがあったのだろう。

岩永は途端に機嫌を損ねた顔をした。

「抜け目ないですね。可愛くありませんよ」

「ならこの世で一番可愛らしくないのはあなたね」

この世で一番抜け目がないのは岩永だろう。

「失敬な。私ほど可愛い女子はそういませんよ」

「二十歳も過ぎて何を言っているの」

あまり大人が自身を表現するのに堂々と『可愛い』を使うべきではないだろう。

そもそも岩永は一見、小さく、か弱く映るが、根本的に可愛らしくない。九郎でさえそう断言していた。六花は話を元に戻す。

「それで、ドアには他にロックを補強するものがあったの？」

「ドアチェーンがついていました。けれど犯人はそれを掛けませんでした」

「窓から外に出るならチェーンを掛けても問題ないわね。密室を強調したいなら掛けない方がおかしい。ならチェーンが掛かっていては都合が悪かった。そうね、掛かっていると合鍵を持っている人でも中には入れない」

岩永は少し間《ま》を取った後、枝豆に手を伸ばして仕方なさそうに認める。

「はい。少し開いたドアの間から首を吊った被害者が見えても、中には入れませんね」

六花もすでに犯人の計画を見抜いたと察してか、岩永はそう認めた。ならば最後まで自分で絵解きすればいいものを、それ以上は語る雰囲気を出さず、枝豆をつまむのに集中している。

別に六花も最後まで語る必要はないだろうが、語らないと先に進まない様子なので、やむをえず推論を展開した。

「犯人の計画は最初から、その部屋の合鍵を持った誰かを死体の第一発見者にし、遺書まで処分させるものだった。部屋を密室にしたのは自殺と思わせる以上に、第一発見者を限定するのが最たる理由だった」

被害者の人間関係がわかればもっと明瞭《めいりょう》な構図が引けそうだが、後で何を調べれば確証が得られるかくらいの方向性は示せる。

「合鍵を持っているならそれは被害者と親しい人物。その夜、部屋に来るよう呼び出されていたその人物は合鍵を使って中に入ろうとする。犯人が殺人後、被害者の携帯電話を操作していたのはその人物を呼び出すメールでも打つためだったのでしょう。呼び出された人物がドアを開ければ、床に座って首を吊った状態の被害者をすぐ発見する。よほど被害者の死が明確でないなら、その人物は真っ先に被害者の首に掛かったロープをほどこうとするでしょう」

明らかな他殺ならまだしも、自殺に見えれば現場保存など頭の片隅にも浮かぶまい。

岩永が六花の解答を採点するように言う。

「処置が早ければ助かるかもしれませんからね。死んでいるのが確実なら何もせずに警察を呼ぶのもありますが、死後数時間くらいだとそこまで冷静な判断は難しいでしょう」

「犯人の期待した行動は、人の情があれば普通にとるでしょう。けれどそれが殺人なら、警察にとっては都合が悪いことになる。犯人が細心の注意を払い、自殺を偽装したとしても、捜査によって手足の位置やロープの結び方が不自然だったり、服の皺の寄り方が自分で座ったものと違うといった問題が見つけられるかもしれない。しかし第一発見者がロープをほどき、死体を動かしてしまえば現場は大きく崩れ、そんな痕跡はなくなってしまう」

「だから警察は現場保存にうるさいわけです。ではなぜ犯人は被害者の筆跡を真似た手書きの遺書を用意しました？」

六花は即答する。

「だから第一発見者となるその人物に処分させるためでしょう」

「処分させるのにそんな手間をかけます？　パソコンで打ってプリントアウトしたものでもいいでしょう」

「手書きの方がより自殺を真実らしく見せられる。その人物は被害者の胸ポケットに封筒が入っているのに気づくでしょう。状況からして遺書と考え、中を読もうとするはず」

「封はされていませんから、なおさら読みやすいですよ。状況は自殺ですし、ロープをほどけば完全に死んでいるのもわかります。警察や病院に急いで連絡せず、いったん落ち着こうと遺書に手を伸ばすのも自然です。自分に宛《あ》てた遺書とも判断できますし」

この流れで第一発見者は自殺を疑わないだろう。ドアには錠が掛かっており、首吊りは自殺の定番である。

「そして偽造遺書には、第一発見者にとって極めて不都合なことが書かれていた。その人物の犯罪や、社会的立場を大きく失う言動といったものが。ならその人物は遺書を人に見られるわけにはいかない。警察に渡せるわけもない。だから秘密裡《ひみつり》に処分する」

処分させるために用意した偽造遺書というのも妙であるが、これで犯人は第一発見者を望んだ方向に誘導できる。六花はさらに語る。

「犯人とすればその上で第一発見者が警察に連絡しても良かった。第一発見者が遺書を処分したとしても自殺の状況を詳細に語るだろうし、部屋も内側からロックされていたと証言する。自殺の動機も見つかれば、警察はそれで満足するでしょう」

「そうですね」

「また第一発見者が下手に詮索されるのを恐れ、警察に通報せず現場から立ち去っても良かった。第一発見者にとっては悪い選択だけれど、偽造遺書の内容によって混乱し、まずこれを処分しなければ、と思い詰めて逃げ出す可能性はある」

第一発見者の事情にもよるだろうが、警察と関わりたくない気持ちが強ければ、人はとっさに悪い選択をしてしまう。

「そうなれば状況から他殺を疑った警察が一番の容疑者にするのはその第一発見者。警察なら慌てて逃げ出した人物を特定するのに時間はかからない。携帯電話にその人物へのメールの履歴も残っているでしょうし」

「履歴を削除する余裕はないでしょうし、余裕があればそもそも現場から逃げませんね」

「そこで警察に追及された第一発見者は、被害者が自殺をしていて、と証言する。信用されれば事件は終了、犯人にとってやはり望ましい。信用されなくとも問題はない。殺人犯として疑われるのはやはり第一発見者。そして第一発見者は遺書を見ているから自殺と疑わない。だから自殺であると真摯《しんし》に語る」

疑わしさのある第一発見者であるが、あくまで主観的であれ真実を語っているため、結果的に警察に間違った事実を信じ込ませやすくもなるのだ。

「ここで遺書を手書きで偽造したのが効いてくる。いくら被害者の筆跡を真似ても、警察で筆跡鑑定をされれば見破られる可能性が高い。けれど第一発見者を騙《だま》すくらいはできる。そしてその偽造遺書は第一発見者によって処分され、筆跡鑑定がされない」

遺書を本物と周囲に思わせるため、敢えて処分されるように配置したのだ。

「第一発見者が容疑者として本格的に追い詰められれば自分が処分した遺書について取り調べで告白せざるをえなくなるでしょう。現物は処分していても、その内容に極めて不都合なことが書かれ、それについてまで語れば、警察はその遺書が本物だったと判断し、最終的に自殺として捜査を終える。それらの自白を信じなかったとしても疑いは第一発見者にしか向かず、犯人は安全圏にいられる」

第一発見者を無自覚の共犯として利用し、スケープゴートにまでする。狡猾《こうかつ》である。

「これが犯人の計画。密室が開かれ、遺書がなくなっているのが理想型。だから報道を見て『よし、計画通りだ。想定の中で一番の結果だ』と喜んだ」

六花は渇いた喉にビールを流し込む。アルコール飲料は余計に喉が渇くので、あまり意味はない気もしたが、岩永の相手を素面《しらふ》でやるのも酔狂な話だ。

岩永はつまらなそうに鼻を鳴らした。

「私もそう考え、化け物達に事件の情報を集めさせ、確信を得ました。被害者や想定された第一発見者の素性、犯人の動機まで、裏付けが取れています」

岩永は化け物や幽霊や妖怪を使っての情報収集ができるので、警察の捜査情報から犯人の独《ひと》り言《ごと》までをすくい上げられる。何しろ多くの人間がそれらの存在をはっきりとは感知できてもまさか誰かの指示で特定の情報を集めているとは疑わないだろう。

そして岩永は、犯人をこれははっきり小馬鹿にして言う。

「ただ現実には犯人の計画はほぼ失敗してますよ。密室を開いて遺書を持ち去ったのは化け物ですし、メールで呼び出した相手はその日、現場を訪れていません。それだけでなくアリバイも立っています。そこまでは報道されていないので、犯人は計画が成功したと喜べたわけです」

六花はこの事件についてニュースや記事を見た覚えはないが、こまめに事件事故をチェックする習慣はなく、目にしていても特別な点がなければ記憶に残らないだろう。

「化け物達はあなたの説明に納得したのでしょう？」

「ええ。犯人の狙《ねら》いから事件の動機まで全て明らかにしましたからね」

「なら何の悩みがある？　あなたは化け物達の疑問が解決すれば、犯人が逮捕されず喜んででも別に支障はないでしょう」

六花がその倫理観には支障があるといった言い回しをしたせいか、岩永が唇を曲げた。

「世に殺人事件なんて山とあるんです、頼まれもしないのに告発して回るなんて、私の役目じゃあありません。怪異によって過剰に事件が隠蔽《いんぺい》され、世の秩序に関わるならそれなりの対処はしますが」

岩永なりのルールがあり、厳然とした倫理もあるのだろうが、それが世の秩序に基づいた冷たいものであるのは六花にとっては今さらだ。

岩永は不満げに続ける。

「私としては犯人が捕まらない方が楽なくらいですよ。捕まれば犯人は取り調べで偽装工作についてしゃべるかもしれません。警察がそれを戯言《たわごと》と無視すればいいですが、信憑《しんぴょう》性《せい》を感じれば、誰が犯人の工作を壊したか、捜査を継続するでしょう。この事件の場合、その可能性が十分にあります」

「計画殺人を主張しても犯人は罪が重くなるだけだし、現場も不自然だものね。でも化け物がやったとはわからないでしょう」

「けれどそれが可能なのは合鍵を持つ人物に限られると警察は思います。警察は犯人の証言についてその人物に伝え、真実を質すでしょう。当然その人物はやっていません」

六花はその展開を吟味してみる。その人物に同情が浮かんだ。

「その人物にとってはちょっとした恐怖ね。警察に疑われる上に、自分に不都合なことが書かれた遺書が誰か知らない者の手に渡っているなんて」

岩永はひたすら面白くなさそうに答える。

「犯人がその内容を警察に明かしたとしても、法に触れないなら警察も公表はしないでしょう。その人物にとっては不愉快でしょうが、致命傷じゃあない。犯人も逮捕された状態なら当面は利用しようがない。しかし遺書を持ち去った誰かがそれを何かに利用するかもとは危惧するかもしれません」

「法には触れずとも、公表が社会的な致命傷を生じさせることはあるものね。恐ろしい話じゃない」

公表されて困る弱味があるのが悪い、という意見もあるだろうが、誰にでも秘密はある。たとえ犯罪や不義に関わらずとも、明かされたくない過去だってあるだろう。

岩永もこれは放置できないらしい。

「その影響がどれほどになるか、私にもちょっと読めません。少なくともその影響についての算段がつくまでは犯人に喜んでいてもらうのが最善でした」

「犯人はすぐ逮捕されそうなの？　一見、化け物達が犯人の計画を完成させたようでも、実はそうじゃない。化け物達が現場を荒らしたので自殺を警察に疑わせる者がいない。事件は他殺の線で捜査されるでしょうし、犯人がスケープゴートに仕立てようとした合鍵を持つ人物は現場に近づいていない。捜査線上に犯人が浮かべばアリバイが調べられ、事件当夜、現場周辺にいたとまでわかりそうね」

結果的に被害者が自殺したという疑いが生じにくい状況になったため、犯人を捜査から守る壁がほぼ消失しているのだ。

たとえ首についたロープの跡から縊死《いし》の可能性が強いと判断され、事故や自殺の線が考えられたとしても、ロープは死体の横に放り出され、ドアは半開きになっていた。誰かが部屋を訪れ、そういった手出しをしたと判断される。警察はその人物を捜すだろうし、その人物が何か被害者の死に関わっていると見るだろう。その状況では犯人が自殺を訴えても受け入れてもらうのは難しい。事実自殺ではないのだから。

「この御時世、あちこちに防犯カメラがある。全てをかわしていっさいの足跡を残さないのは不可能でしょう。捜査を集中されればあれこれ証拠も出てきそうね」

犯人が現場に髪の毛や靴跡を残していないとは限らず、被害者の髪の毛や指紋が自分の衣服や持ち物についていないとも限らない。完全犯罪は簡単ではないのだ。

岩永は再び空にしたビールの缶をテーブルに置き、並んだ二本の空き缶を恨みがましく見つめる。

「犯人は被害者と会社の上司と部下だったという接点がありますが、動機は浮かび上がりにくいものなので逮捕されるとしても数ヵ月後。それまでに影響を見極めて利害の調整をしようとしていたのですが」

どうやら六花にも岩永が現在抱えている問題が見えてきた。

岩永は頭を抱えてうんざりしたように続ける。

「先週犯人があっさり捕まってしまいまして。その上、自分の犯行計画についても全部警察で話してしまいまして」

「事件からまだひと月も経っていないでしょう。何があったの？」

逮捕まで数ヵ月としていたのに見込み違いもはなはだしい。岩永がそんな計算違いをすると六花には思えなかったが、裏にはまた化け物達のいたずらがあったようだ。

「真相を知った化け物達が、自分達の細工で犯人を喜ばせたとは我慢ならない、何としても初志貫徹せねば、と憤慨《ふんがい》しまして。調べ上げた真相を私に無断で警察に伝えたんですよ。公衆電話を使い、無論匿名で、犯人の氏名、動機、犯行方法をすっかり」

密告、たれ込み、そういう類《たぐい》のものは昔からあるし、怪異による罪の告発というのも怪談ではよく見られるが、この経緯を聞くと理不尽な面がないでもない。

六花は努《つと》めて冷静に感想を述べた。

「化け物も電話をかけられるのね」

「そのくらいの知恵を持ち、人の声でしゃべれるものもいますからね。警察も当初はほとんど信じませんでしたが、調べればその通りの事実が次々明らかになり、スピード逮捕に至ったわけです」

これは岩永も酒を飲まないではやっていられなくもなるか。小さい体なのにアルコールに強い体質らしく、そう酔わないらしいが、多少の精神安定剤にはなるのかもしれない。六花は催促はなかったがもう一本缶ビールを取ってきて出してやる。さりげなく前の二本より値段の高いものにもしてやった。

岩永は六花に礼も言わずその三本目の缶を開ける。

「逮捕された犯人はここで初めてメールで呼び出した人物が現場に来ておらず、なのに密室が開けられ、遺書も消えているのを知りました。そしてようやく混乱し、慌て、さらに匿名の密告で捕まったとまで知り、一連のわけのわからない展開に恐怖しました。そこで逮捕も免《まぬが》れないし、警察にあらいざらい白状して真相を調べてくれるよう求めたわけです。化け物達はそれをそばで眺《なが》め、こうでなくては、と手を叩《たた》き合《あ》ったとか」

「化け物達は初志貫徹できたのね。良かったじゃない」

六花の相槌《あいづち》に、とうとう岩永が激高した。

「いいわけないでしょう！　私が当初恐れたように、警察は偽造遺書を持ち去った人間を捜していますし、その存在を知った合鍵を持った人物の周辺に影響が出てますし、ここ数日現地まで行って収拾策を練っていたんですよ！　それもこれも九郎先輩と六花さんの心が狭いために！」

私達のせいじゃないでしょう、と六花は言いそうになったが、六花達がにらみを利かせていれば、化け物達は警察への密告までは我慢したかもしれない。

「それがあなたの役目なのだから、文句を言わない」

警察は現場を荒らした人物と真相を伝えてきた人物が同一と見て捜査をしているだろう。それは正しいが、人物ではないのでまず辿《たど》り着《つ》けまい。

「警察の捜査は暗礁に乗り上げても構いませんが、関係者への影響が問題なんです。その関係者を見守るある幽霊から、何とか穏便に収められないかと別に頼まれもしたので、成り行きに任せるわけにもいきません」

事件の影響を受ける者の中に、特定の幽霊から目をかけてもらっている者がいるのか。怪異達の知恵の神として、幽霊から頼まれれば岩永も悠長には構えていられまい。飲酒しながらも、ずっと頭を巡らせていたようだ。こうして六花と話すのも、情報を再整理、再検討する意味があるのかもしれない。

そして岩永はどこかからクリアファイルを取り出してひらりと掲げた。中には糊《のり》やテープで閉じられていない一枚の封筒が挟まれている。

「ちなみにこれが化け物達が持ち去った問題の遺書です」

六花はついその封筒を凝視してしまう。これまでは言葉の上のものだった事件が、急に実体を持った。思えばこれが全ての元凶かもしれない。厚みはさしてないが、表に手書きで『遺書　田内《たうち》栄貴』と記されていた。ボールペンによる字のようだ。誰が見ても遺書とわかるし、田内栄貴というのが被害者の名前だろう。

「化け物達は処分していなかったのね」

「不幸中の幸いでしたよ」

岩永は別段幸いそうにもせず、死体の胸ポケットに突っ込まれていた封筒を片手にビールを飲む。酒の肴《さかな》にしては剣呑《けんのん》ではあるが、岩永は特別穢《けが》れを感じたりもしないのだろう。それを言うなら正面に座る六花の存在自体、岩永は忌《い》むべきものに分類していそうだ。

岩永は偽造遺書を挟んだクリアファイルをテーブルに置き、幾分据わった目で六花に言う。

「こうなれば六花さんにも事態の収拾に協力してもらいますよ?」

愚痴にかこつけて、これがこの知恵の神の最大の目的だったか。

六花は少し考え、深いため息をついた。

「何てことかしら。これは部屋にいない九郎が悪いのね」

最終的に岩永と同じ結論を出したのには忸怩《じくじ》たるものがあった。


「それじゃ犯人は、志乃さんに栄貴さんが自殺したと信じさせ、自分の偽装の痕跡を消させるために部屋を密室にしたのか！　本当に推理小説みたいな事件だな！」

昴は鍋《なべ》から白菜とにんじんと鳥肉を器に取りながら、そう驚きを示した。美矢乃は火が通って良い色になった海老《えび》を食べながら肯く。

「密室を作った方法は推理小説じゃ使えない代物だけどね。だいたい部屋の鍵は簡単に複製できるものだし、ドアチェーンも掛かってなかった。たとえ内側からすっかり閉ざされた状態で父さんの遺体が発見されても、密室と悩むものじゃないよ」

犯人は合鍵を作らず、釣り糸で窓の錠のつまみを上げているが、これは合鍵を作ったことが万が一でも警察の捜査でばれるのを恐れたからだそうだ。どこか業者に頼めばどうしても足が付くだろう。

「でも第一発見者を合鍵を持ってる志乃さんに限定し、偽造した遺書を処分させ、あわよくば殺人の容疑者にまでして思い通りに動かそうなんて、かなりの知能犯じゃないか？」

「単に密室だから自殺だ、と思わせるだけじゃなく、それ以上に凝《こ》ったことをしようとはしてるね」

　鍋の中身は半分くらい減っていて、そろそろ締めのうどんを入れるタイミングを考える時かもしれない。

　犯人の計画は現実では凝っているかもしれないが、推理小説の中のアイディアとしてはさして珍しさや個性はないだろう。似た例がなくもない。

「でも結局計画倒れ。そもそも母さんは事件の日、仕事が忙しくて父さんの所に行けてない。結果アリバイができてる。この時点で犯人の計画は破綻《はたん》してるし、その後の展開も完全に思惑を外れて事件から三週間も経たずに逮捕されてるんだから」

　机上の空論、策士策に溺《おぼ》れる。事件が報道された当初、犯人は計画通りと喜んでいたというから、いっそ憐《あわ》れでさえある。

　高校から帰宅した後、美矢乃と昴は午後七時を過ぎてから、昴のマンションの部屋で夕食として二人で寄せ鍋を囲んでいた。寄せ鍋といっても双方の家で余っている肉や野菜を特製のスープを満たした鍋に放り込み、好みでポン酢やごまだれをつけて食べる、シンプルなものだ。冬場に双方の親の帰宅が遅い時はどちらかの部屋でよくやっている。

　六年前から美矢乃は母の志乃と二人暮らしで、昴は三年前から父の類《るい》と二人暮らし。志乃も類も会社では責任の重い役職に就いており、帰宅が深夜に及ぶのは珍しくない。双方の家ともハウスキーパーを雇ってある程度家事を任せているが、食事に関しては自分達で用意していた。

美矢乃と昴が幼稚園に通っていた時、双方の両親が現在も住むこの新築マンションの一室を購入して隣同士で同時に入居し、同じ年齢の子どもがいるということで家族ぐるみで付き合うようになった。その頃から美矢乃は昴より背が高く、昴は可愛らしかった。

そして六年前、美矢乃が十歳の時、父の栄貴が外に女を作って家に帰らなくなり、結局母、志乃と離婚となった。共働きだったので栄貴がいなくなっても経済的に困りはせず、マンションの名義も母のものだったので引っ越す必要もなく、父が出て行っただけで美矢乃の生活環境はほとんど変わらなかった。家事も以前からハウスキーパーに多くを任せていたので支障はなかった。

ただ父がいなくとも困らないのが離婚原因のひとつだとも後で知った。もともと母の実家が資産家で、母の方が稼ぎの多い職に就き、結婚時に姓も母のものを選んでいた。マンションも母の実家の支援でローンなしに買ったそうだ。

父はいずれ自分も志乃に追いつき、追い越せると根拠なく思っていたのがある時無理とわかり、自分がいなくとも家が成り立つという事実に耐えかね、外に安らぎを求めたとか。その時、栄貴は三十九歳。四十歳を前にいろいろ見つめ直してしまったのだろう。志乃はその時三十四歳で、仕事は上昇気流に乗ってまだまだこれからという状態。それも影響したろう。

困らないといっても志乃が外で働き、深夜の帰宅や休日出勤が当たり前だったので、小学生の美矢乃をひとりでマンションに放置するのが日常ではあった。普通なら美矢乃はそれに心的ストレスを感じたかもしれないが、隣の紫藤家が何かと助けてくれた。

昴の母の綾菜《あやな》は専業主婦で、昴と一緒に美矢乃をあれこれ世話してくれたのである。お世話になりっぱなしでは悪いので紫藤家で手伝いをしていたらある程度は料理ができるようにもなっていた。昴が以前から綾菜を手伝い、夕食の時に何か一品を出してくるので対抗意識が芽生《めば》えたというのもある。

しかし三年前、美矢乃と昴が十三歳の時にその綾菜が亡くなる。歩道橋を下っている時、靴のヒールが折れたせいか転げ落ち、頭を強く打っての事故死だった。綾菜は昴の母親らしく小さく可愛らしい雰囲気の人で、昴と同じく背丈にはコンプレックスがあったらしい。だからいつもヒールが高めの靴を履いていたのだが、結局それが仇《あだ》になってしまった。

昴はその死から立ち直るのに一ヵ月以上を要し、美矢乃も綾菜の死にショックを受けていたが、昴の方が心配でうつむいている場合ではなかった。昴の父の類も妻を亡くして平静には見えず、仕事が忙しい身でもあったので、美矢乃は紫藤家に出入りするのが日課になっていた。

結局それが習慣づいて、高校生になっても時間が合えば夕食は昴と一緒に食べることがが、夜に互いの親がいない時は勉強やゲームをやったりをするし、相談事を話したりもする。

多くなっていた。さすがに登下校や休みの日まで示し合わせて一緒に行動したりはしない

栄貴が殺され、志乃が無関係とも言えないのが明らかになってから何度もこうして昴と話をする機会はあったが、事件について詳しくは訊かれなかった。大変そうだな、犯人がすぐ捕まるといいけど、と言われたくらいだ。

訊かれても美矢乃自身にも不明な部分が多く、その気配を察して昴は質問を控えていたのだろう。また時が来れば美矢乃から事情を話してくるだろうと最初から詮索する気がなかったのかもしれない。けれど犯人が捕まったというのに志乃も美矢乃も以前より顔色が優れないので、たまりかねて自分から事件について触れたのだろう。

美矢乃も志乃や警察から詳細を知らされたのは、犯人が捕まっていろいろ明らかになった最近のことだった。それによって多くの不明点が解消されはしたが、さらに気味の悪い事実を知ることにもなったのである。

「栄貴さん、離婚してからどうしてるか全然知らなかったけど、けっこう近くに住んでたんだな。それに志乃さんとも連絡取って会ってたなんて。離婚の時は志乃さん、二度と顔も見たくない、美矢乃にも二度と会わせないって俺達にも宣言してたくらいなのに」

昴が鳥肉を食べながら信じ難そうに言った。これは美矢乃も同感だった。

「私も驚いた。母さんが父さんと会ってるの、事件が起こるまで私にも隠してたから」

「小さなアパートで独り暮らしってニュースで見たけど、離婚後苦労してたのかな？」

「離婚の時に前の会社は辞めて、浮気相手と再婚したけど二年くらいで別れたんだって。仕事の方は新しく入った会社でけっこう出世はしてたそうだよ」

小学生の時、美矢乃はよく理解していなかったが、栄貴はシステムエンジニアとして優秀だったそうだ。ただ志乃の方がもっと優秀で、年を追うごとにさらに差が開いたのが不運だったのだろう。だから選り好《え ごの》みしなければ働く場所には困らない技術は持っていたという。実際、すぐに再就職でき、以前より責任ある仕事を任されていたそうだ。

「けど半年くらい前、大きな病気が見つかって余命一年と宣告されたんだって。だからまた会社を辞めて身辺整理して、事件のあったアパートに越してきたみたい。それから去年の十二月に入って母さんに連絡を取ったそう」

木澤家の住所は変わっていないし、志乃も携帯電話の番号を変えていなかった。栄貴が電話番号を変えていたので、志乃も気づかず電話を受けたそうだ。気づいた後ですぐ切ろうとしなかったものだとこれも美矢乃は驚いたが、六年も経ってわざわざ連絡してくるなら、ただごとではないだろうと切らないでいたとか。

栄貴は自分のこれまでの生活と病《やまい》で余命がわずかであるのを告げ、自分が死んだ時の後始末を志乃に頼んだという。この六年の間に栄貴の近しい親類は亡くなり、死後のことを頼める者がいない、またこのままでは自宅で死んだ時にすぐ気づいてくれる人もなく、死後数週間して発見となると周りにも迷惑をかける、と訴えたそうだ。

志乃は迷いはしたらしいが結局栄貴と会い、頼みを受け入れた。六年も経てば頭も冷えていたし、会ってみたら病み衰え、安アパートで孤独に暮らしている姿にさすがに同情したと美矢乃は聞いた。

それで生存確認で週に何度かメールで連絡を取り合い、二週間に一度くらいは志乃がアパートに様子を見に顔を出し、栄貴が亡くなっていてもすぐ対応できるよう、合鍵も渡されたのだとか。

また栄貴は迷惑料代わりに、自分の遺産は全て譲るという約束もしていた。

「遺産って、そんなまとまった額がある状態に思えないけど」

昴はそこまで説明を聞き、報道から得た情報を思い出す顔をしたが、美矢乃は首を横に振る。

「最後は小さいアパートに住んでたけど、余命がわかるまではちゃんと働いてて、退職金もあったから、まとまったお金は持ってたの。葬儀費用もそこから出したし。あと遺体の発見が少々遅れても、それほどうるさく言われないアパートを選んだって」

余命がわかれば手持ちの財産を使い切って思うまま豪遊するという発想もあるが、栄貴は遺す方を選んだようだ。

昴が当初の疑問のひとつにも解が得られたのに気づく。

「何かあれば志乃さんがすぐ来られるように、ここに近い所にもしたのか」

「うちはお金に困ってないけど、父さんは最後くらい格好良く終わろうとしたんだろうって母さんは言ってた。離婚の時、母さんが慰謝料も養育費もいらない、話し合いをする時間がもったいないって、断ってたから、父親として義務を果たしてないみたいで心残りだったんじゃないかとも」

昴が可愛らしい顔をしかめる。

「まとまったお金でもちゃんと遺さないと美矢乃に父親として何も思ってもらえそうになくて、栄貴さん、怖かったのかもな」

他の解釈もあるだろうが、概《おおむ》ねそういう事情と警察も考えているようだ。

美矢乃は顔をしかめ、栄貴の誤った他の選択についても触れる。

「他にも格好を気にしたみたいに、勤めてた会社の不正を告発しようともしたらしくて」

この辺りはまだ報道で曖昧《あいまい》にされている。その勤め先の今後にも関わることだからだ。

社会派の動機が唐突に出てきたせいだろう、昴は宙で箸を止めた。ただ昴の頭の回転は速い。すぐに出汁《だし》の染みた白菜を食べながら理解を示す。

「つまりそれをされると困ったのが、今回の犯人？」

「うん、ニュースでも出てたけど、有働新平《うどうしんぺい》っていう父さんの会社で上司だった人。不正の告発って言っても父さんも不正に関与してたから、格好いい所を見せるより、自分の良心の問題だったのかもしれない」

美矢乃は栄貴の最後を思いながら続けた。

「犯人は父さんに告発の協力を求められたんだって。システム設計のミスによってけっこうな事故があったんだけど、会社はそれを隠蔽し、被害者救済もろくに行わなかったとか。不正当時は犯人の有働も罪悪感を語っててていつか告発するって言ってたから、父さんが持っていた証拠をさらに強めるものを流してくれるよう頼んできたって」

「でも犯人は会社側についたってわけか」

「もともと犯人の有働は会社側の人間で、不正に反発するポーズをして、社内の不満分子をあぶり出す役割だったそうだよ。実はその不正隠蔽の中心にもいたみたい。この人のせいで自殺した社員もいるとか」

組織はそういうセーフティネットを惜しまないらしい。嫌な話だ。

「余命わずかの父さんは怖いものなしだから、説得や買収は通じそうにない。だから犯人は協力するふりをして、殺すのに決めたんだって。告発についても準備を周囲に知られたら妨害されるかもしれないからぎりぎりまで秘密で、と言って資料も二人だけで管理してたとか」

昴も世知辛い話を聞いたという風にしつつ、腑に落ちないように言う。

「けどそんな栄貴さんを自殺に見せかけて殺すってどうなんだ？　告発準備は犯人しか知らなくても、じき死ぬのがわかってる人が自殺したら変に思われないか？」

美矢乃も最初聞いた時、そこを変に感じたが、説明は簡単につけられた。

「父さんの患ってた病気、進行とともに痛みが強くなるものだったんだ。部屋にも処方された鎮痛剤や睡眠薬があってね。それも一時的な効果しかないって聞いた」

昴はこれだけの説明で察した。

「じき死ぬけど、どうせなら早く苦しいのから解放されたいって理由か。あるよな」

病気を苦に自殺というのは珍しい話でもないらしい。人は残りの時間をなるべく楽しもうと前向きにはなかなかなれないのも美矢乃はわかる。

「犯人は父さんに信用されてたから、母さんに合鍵を渡して、死後のことを頼んだのも聞いてた。だから犯人はそれを利用する計画を立てられた。それで先月の二十日に実行に移したわけね」

自殺に見せかけ栄貴を殺害、他にも偽装工作を施し、部屋を密室にして立ち去った。

「犯人は栄貴さんの字を真似た偽の遺書を遺体の胸ポケットに入れておいたんだよな？」

昴は箸を置き、締めのうどんを入れる準備をしながら尋ねてくる。

「うん、母さんに処分させ、遺書の本物らしさを高めるために」

「犯人は偽の遺書に何を書いたんだ？　読めば志乃さんが思わず処分したくなる内容っ

て。あ、話せないならいいけど」

これは警察も母も美矢乃には漠然としか教えてくれていないし、ひょっとすると犯人も大まかにしか語っていないのかもしれない。

「犯人によれば、母さんの仕事上の不正についてらしい。父さんは自分の会社だけでなく、母さんの過去の仕事についても不正を知っていて、最後にそれもとがめたいとも言ってたそう。もちろん母さんには直前まで秘密にして。犯人はその内容を断片的だけど聞かされてたの。だからそれを偽の遺書に記した。娘のためにも過去のこれらをお前もきちんと清算しろとか何とか」

そう遺書に記されていても不審はないだろう。志乃の個人的なことならば、いっそう本人によって書かれたものという印象を強める。

「志乃さんはその内容についてどう？　あ、うどん入れていいか？」

昴がカセットコンロの火を中火にしようとしながら訊いてきたので、美矢乃は条件反射的に応じる。

「うん、いいよ。内容はもちろん否定してる。殺人犯が言ってるだけで証拠もないし、警察も根拠が薄いから確認の捜査まではできないみたい」

「だよな。現状だと犯人の誹謗《ひぼう》中傷と変わりない」

それでも警察が何らかの疑惑を向けているようで、嫌な気分だ、と志乃は眉間《みけん》に皺を寄せていた。志乃も会社で地位を上げるのに、清廉潔白とまではいられなかったろうとは美矢乃は思うし、不正が事実でもそこをとやかく責める気はない。

「犯人としては母さんが第一発見者になり、遺書だけ処分して警察に素直に通報して自殺を証言するのが一番ある展開と見ていたそう。ただ遺書の内容が母さんにとってあまりにまずいものなら現場から逃げたりするかもとは考えてたとか。母さんが怪しい行動をすればするほど容疑は母さんに向くし、そうなれば必死に父さんの自殺を警察に信じさせようとするはずだから、いっそ好都合と踏んでたんだって」

犯人が自殺を訴えないで、自殺を信じる第三者に必死にやらせるのは合理的かもしれない。犯人はよほど自信家なのか、志乃が遺書を処分せず、正直に警察に渡す可能性は考えなかったらしい。自信家というより、そういう時は必ず保身に走るという思い込みが強かったのかもしれない。人の良心は余命わずかにでもならないと発揮されないとか。

うどんが鍋に入れられ、二分ほど中火で茹《ゆ》でられる。これでひと通りの疑問は解消されたわけであり、犯人も逮捕されているのだが、美矢乃にとってはここからが本番なのだ。

昴がうどんの固さを確かめつつ、首を傾げた。うどんの固さについてではなく、事件についてだろう。

「ここまでは別におかしなところはない。けど志乃さんは犯人の想定通りに動いてないのに、現場は想定内になってたんだよな?」

「うん、密室は開かれ、父さんの首を絞めてたロープはほどかれ、遺書は持ち去られてた。だから逮捕された犯人はそうと知らされてものすごく取り乱したって。その上自分が逮捕されたのは謎の人物の密告によって、っていうからいっそう混乱したそうだよ。何しろその密告、そばで犯行の瞬間から偽装工作まで全部見てたのかってくらい詳しくて」

声は中年男性と思われる低くこもったもので、内容はあまりに詳し過ぎて、最初警察はほとんど信じなかったとか。裏付け捜査に十日以上かけ、ようやく今週、捜査本部は有働新平を犯人と判断したそうだ。

「確かに犯人が捕まったのに、気味の悪さが増してるな」

昴がうどんを器に取るのも忘れたように腕を組んだ。美矢乃は自分が取るついでに昴の器にも盛ってやる。腕が長いので、そんなに乗り出さなくとも向かいの昴の器に手は届く。昴だとこうはいかない。

「犯人まで気味悪がって、何があったかはっきりさせてくれって進んで自白してるくらいだよ。警察も匿名電話の件もあるから嘘をついていると思えず、捜査を続けてる。私と母さんも心当たりがないか、何度も話を訊かれててね。だから未成年の私にもけっこう詳しい事情を教えてくれて。母さんも中途半端《ちゅうとはんぱ》に知って間違った詮索されるよりは、っていろいろ隠さないで話してくれてるみたい」

美矢乃がうどんを取ったのに気づいたのか、昴が「悪い」と言いながら箸を握り直す。

「ますます推理小説じみた展開だな。志乃さんも美矢乃も顔色が悪いわけだ」

「母さんは特に、偽造された遺書が持ち去られてるから。内容はでたらめって言ってても実は本当かもしれないし、その謎の人物が何かに利用してくるかもしれない。もしかすると遺書には他にも母さんにとって都合の悪いことが書かれてるかもしれない」

犯人は重要と思っていなくとも、志乃にとっては重要という場合もある。偽造の遺書の全文がわからないと安心はできない。美矢乃もだ。

「偽造なのになんて厄介なんだ」

昴は小さな手でこめかみを叩きながら、可愛い顔を引き締める。

「しかし謎の人物の目的は何だ。なぜ犯人の計画に沿うようにしながら実は妨害したのか、なぜ偽造遺書を持ち去ったのか、なぜ真相を警察に知らせたのか。そもそも最初から犯人を見張ってたみたいに事件の全てを知ってるのになぜ犯行を止めなかったのか」

そう列挙されると謎の人物の不気味さがさらに増す。美矢乃は自分でも信じていないが、仮説を挙げてみる。

「その人は殺人をたまたま遠くから目撃し、事件の真相も後から知ったので、犯行を止められなかった。望遠鏡で何かを見てたら、事件が偶然目に入ったとか」

窓がカーテン等で覆《おお》われていなければ、その可能性はある。犯人がカーテンも閉めず計画殺人を実行するとは考えにくいが。

「それはないだろ。謎の人物は密室となってた現場にすんなり入ってるんだ。合鍵を持ってなきゃ無理だろ？」

「ピッキングで開けたりすれば傷とか痕跡が残るからね」

やはりそこもネックになる。昴はちゃんと合理的に考えていた。

「合鍵は簡単に作れるって言っても、事件後すぐには作れない。なら前もって用意してたことになる。謎の人物は事件が起こるのをあらかじめ知ってたとしか思えない」

美矢乃もその大前提には同意せざるをえない。だから困惑も増すのだ。

「密室じゃなければたまたま犯行を知った人物が後から現場に入って何かをやれたりはずる。でも現場が密室だったからそうはいかない。この事件、変な所で密室が意味を持ってくるんだよ」

鍵の複製は簡単、糸を通せる隙間もたくさんある、たとえ最初に事件が密室として認識されても、どうとでも外からロックできる部屋で、どうやって密室にしたかまるで議論にならない殺人現場なのに、密室が謎を深めている。

昴がうどんを食べながら苦笑した。

「謎の人物が壁をすり抜けたりわずかな隙間から出入りできれば問題ないのにな」

「それこそお化けじゃないんだから」

美矢乃も苦笑するしかない。昴はひとつ唸り、美矢乃を少しでも安心させるためか、とりあえず全ての謎を解決する仮説を提示した。

「今一番ある可能性としてはこれ、愉快犯だな。こうやって事件関係者を混乱させて、それを想像して喜んでるんだ。だから偽造遺書も持ち去った」

「どんな愉快犯だよ。それこそお化けでもないとこの状況にするのは大変過ぎるよ」

たぶん準備段階でまったく愉快でない気分になるだろう。美矢乃はそんな人間は想像できない。昴も自分で言いはしたものの、小さい肩を落とした。

そうしている間にしめのうどんも食べ尽くす。ここ数日食欲は減退していたが、昴と話しながらだと気が紛《まぎ》れ、幾分頭も整理できて、普通に食べられた。スープもあまり濃く仕立てていなかったからもありそうだ。

食後に少し落ち着くと、鍋や食器をキッチンに運んで後片付けに移る。シンクは昴の母の綾菜の背丈に合わせて設計されているので、小学生の時ならまだしも、今の美矢乃だと少々使いにくい。だからこまかな食器を洗うのは昴に任せ、重量のある鍋をすすいで外側を拭《ふ》き、テーブルに置くと、昴が洗った食器を乾燥機に移すのに専念する。

そんな美矢乃に昴がスポンジで洗う器を見ながら、落ち着いた声で話しかけてきた。

「美矢乃、偽造遺書の内容についてはそんな心配いらないんじゃないか？　栄貴さんが志乃さんの決定的な弱味を知ってたとは考えにくいよ。せいぜい犯罪にならない程度のことを誇張《こちょう》して犯人の有働に話してたとかじゃないかな」

「どうしてそう言えるの？」

昴は器を洗い終えると美矢乃に大きく誠実な瞳を向けた。

「志乃さんの弱味を握ってたら、それを使って最期に美矢乃に会わせてくれって頼んだんじゃないか？　でも美矢乃は最近栄貴さんに会ってないだろ」

最近会ったと言えるのは、栄貴が遺体と呼ばれる状態になってからだ。

美矢乃は少しためらった後、首を横に振った。

「でも父さん、私に合わせる顔がないから頼まなかったかもしれない」

他の可能性もあったが、美矢乃はそれには触れなかった。代わりに昴の希望的観測と釣り合う否定的意見を述べておく。

「それを言うなら、母さんが今さら父さんに同情して、頼みを引き受けるのがおかしいとも言える。弱味を握られてたから仕方なく引き受けたとも言えないかな？　だから母さんは、偽造遺書を誰が持っているかわからないのが怖い」

美矢乃も怖い。昴との食事の間は沈んでいた不安が浮かんできそうだ。昴が慌てたように声を上げた。

「悪い。俺の考えが浅かった。父さんも志乃さんの心配してたものな」

昴はまるで悪くない。美矢乃が安心できる理屈を懸命に探してくれたのだけれど、美矢乃の方が当事者として悪い方に頭が回ってしまっているだけだ。

「現状は謎の人物が何かアクションを起こすまで待つしか手が浮かばないよ」

「きついな。美矢乃も何かあったらひとりで抱えず言えよ。俺でも何か役に立てると思うから」

洗い物を終えた昴は少し面目なさそうに濡れた手をタオルで拭いていたが、空気を変えるようにやや冗談混じりの調子でこんなことを言う。

「しかし本当に推理小説じみた事件だよな。だったら名探偵が登場して解決してくれたりするんじゃないか？」

「そうだね。高校生探偵とかね」

美矢乃も暗くなりたいわけではないので調子を合わせて明るく応じる。

「残念だけどうちの学校にはいないな。勉強の方で頭のいいやつはいても」

昴が大げさに首を横に振った。一方で美矢乃は、以前聞いた噂話が不意に思い出される。

「そう言えばうちの姉妹校に昔、名探偵みたいな人がいたそうだよ。ほら、私立瑛々《えいえい》高校。そこのミステリ研究部に、どんな謎や問題が持ち込まれてもあっという間に解決する女子生徒がいたって。私達の四、五年上だったかな」

私立瑛々高校は美矢乃達が通う高校と経営母体が同じだけれど、あちらは全国的にも名を知られ、文武両面において優れた成績を誇り、良家の子女が多く通うという格上の名門校だ。

「ああ、あそこか。いそうなとこだけど、俺はそんな噂聞いたことないぞ？」

昴は高校名に、なくもないといった反応を示すが、そんな異質な存在の噂が自分の耳に入っていないのは解《げ》せないようだ。

美矢乃はその理由を説明してやる。

「それがその人、どんな問題もあまりにあっさり解決し過ぎるんで、最初は感心されてたのが最後は怖がられるようになったとか。だから同世代の人でもあまり噂にしたがらなくて、今じゃ知らない人が多いって聞いた。私はミステリ研つながりで名前も教えてもらったんだけど、それぞれ一方ずつ義眼と義足とか嘘みたいな特徴まで持ってるらしい」

美矢乃が籍を置く高校のミステリ研究会の先輩でもひとりしか知らず、その名を口にするのも怖がっていた。事件をすぐに解決しているのにそんな扱いになるとは気の毒な名探偵だが、異質なものはどこでも弾《はじ》かれがちなのだろう。

その女子生徒は今、幸せだろうか。物語の名探偵は滝から落ちたり推理ミスで人を死なせたり、よく苦難にさらされるのだ。

昴は世の中あなどれないな、と目を丸くしていたが、やがて愉快そうに笑った。

「いよいよとなればその人探して、この事件について相談するのもありかもな」

美矢乃も笑ってみせる。

「ついでに昴も今日出会ったベレー帽にステッキの子を見つけてくれるよう、その人に頼めばいいよ。それこそあっという間に見つけてくれそう。名探偵は少しの情報で人物の素性や住んでいる場所まで見抜いたりできるから」

かのベーカー街に事務所を構える名探偵はそうだ。昴が嫌そうな顔をする。

「そんな怖い名探偵にまで頼らないと再会できないとか想像したくないんだけど」

普通の高校生の手段の範囲で再会できないとなれば、会えるのがいつになるか見当もつかないので、その状況は困るのだろう。名探偵に頼らない人生が最良なのだ。

美矢乃は心から昴に言った。

「相手が小さくて可愛い男子は生理的に無理、っていうんじゃなければ、会えさえすればうまくいく確率は高いよ。昴は頭はいいし、運動神経もいいし、料理上手で人への気遣いだってできる。好かれない方がおかしい。私が保証するよ」

「何だよ急に。美矢乃の保証に感謝でもしろっていうのか？」

わざとらしく褒められ、昴が胡散臭《うさんくさ》そうにした。無論、美矢乃にそんなつもりはない。

「違う。昴のその長所、全部綾菜さんに似たおかげだから。感謝は綾菜さんにだよ」

綾菜の教育のせいもあったろうが、素質が母親譲りだったので、そう伸びやすかったと美矢乃は思う。

昴はとっさに返す言葉に詰まったようだが、素直に認めるのは癪に障ったのか、不服げにこう答えた。

「背の高さは父さんに似てほしかったけどな。でも母さんにはずっと感謝してるよ。そんな母さんを早くに死なせた運命か何かは恨んでるけど」

「その何かは私も恨んでるよ」

父である栄貴の死よりも綾菜の死の方が美矢乃には受け入れ難い。別に栄貴が悪い父親だったというわけではないし、良い思い出も多いけれど、感情はやはりままならないのだ。

昴が冗談でもなさそうに腹立たしげに言う。

「美矢乃は高いヒールの靴は履くなよ。母さんみたいにヒールが折れて階段で転んで死ぬなんて、本当にやってられないからな」

「言われなくても、これ以上背を高く見られたくないよ」

美矢乃がひたすらあきれてそう言うと、

「せめて五センチ俺にくれれば」

そう昴は悔《くや》しげに壁を叩いた。五センチ譲ったとしても、まだまだこちらの方が背は高い。美矢乃は乾燥機の蓋《ふた》を閉じ、稼働するスイッチを入れた。

美矢乃は昴と事件について話した翌日の土曜、マンションからバスで二十分ほど走った所にある大きなショッピングモールを訪れていた。学校は休みであり、母の志乃は朝から仕事に出ていた。志乃は事件に進展がないのに苛立ち、その不安から目を逸らすためにわざと忙しくしているようだ。美矢乃に、何かわかったことや警察から連絡はなかったかと尋ねてきたが、無論、答えられるものはなかった。

午前中は部屋でテスト勉強をしていたが、結局志乃と変わらず正体不明の不安に追い立てられるように昼を過ぎてから特別な用もなくショッピングモールにやってきたのである。そこに入っている大型書店で、贔屓にしている作家が帯に推薦文を書いている推理小説を見つけ、推薦文を書いている暇があれば新作を書いてよ、と心の中で文句を並べつつその本を購入した。まったくもってままならない。

美矢乃はそのままマンションへ戻る気にもなれず、モール内のフードコートに行き、コーヒーを一杯だけ買って、テーブルにひとりついて今し方買った本を開いた。狭い部屋に籠《こ》もって読書するより、雑然としたモール内の人や物の動く音を聞きながらページをめくる方が集中できそうだった。

フードコートはちょうど人の流れが途切れる時間なのか、広いエリアに人はまばらにしかおらず、コーヒーだけでしばらく読書にふけっていても迷惑がられそうにはない。

まだまだ寒い二月、外出先で暖かく、飲み物も手にしながら割安で読書できる場所はそうあるものではない。図書館だと館内での飲食が大抵は禁止されている。

そうやって美矢乃が現実逃避していると、彼女のついているテーブルにことりとトレイが置かれた。

「相席、構いませんか？」

間を置かず少女めいた、朗らかな声が本に目を落とす美矢乃に掛けられる。美矢乃は顔を上げると反射的にフードコートを見渡した。相席も何も、フードコートは変わらず人がまばらで、空いている席はいくらでもあった。

いぶかしく思いながら美矢乃は声の主に向いて何か言おうとしたが、瞬間、息が止まる。そこには椅子に座っている美矢乃よりも頭の位置が低い、赤いベレー帽をかぶり、赤いコートを着、子猫の彫刻が施された瀟洒《しょうしゃ》なステッキを握る娘がいた。

途方もなく可愛い容姿をしていた。おそらく少女と呼べる年齢だろう。それでいて幼い雰囲気はない。立ち姿は凜々しく、瞳も自信に満ち、頼るものが必要そうな子どもっぽさがないのだ。どこか名家の御令嬢と紹介されれば即座に納得できる雰囲気だ。

どう考えても昴が目撃したという理想の女の子だった。

「おや、どうかされました？」

美矢乃の挙動が明らかにおかしかったのだろう、少女は怪訝そうにまつげを揺らし、小さな口を開いてそう尋ねてくる。そこで美矢乃は我に返れた。

「ああ、いや、幼なじみが昨日、ベレー帽にステッキを持ったとんでもなく可愛い女の子を見かけた、って騒いでたんだけど、本当にその通りのとんでもなく可愛い子が現れたからびっくりしちゃって」

「ほうほう、私の周りの人はちっとも可愛いと言ってくれないんですが、とんでもなくですか。今日はいい日ですね」

少女はこれ以上ないくらい上機嫌な笑みを浮かべた。これほどの美少女になると自明過ぎて、周りの者はいちいちその可愛らしさを取り上げる必要を感じないのかもしれない。

「でも相席って、他にいくらでも座れる所はあるけど。あ、幼なじみにあなたに会ってることを知らせないと。声をかけ損ねたのを悔やんでて」

美矢乃は本を閉じると慌てて携帯電話を取りだし、昴に現在地と少女に遭遇している旨のメールを打つ。相席を拒否する理由はないし、昴のためにも連絡先等聞き出してやらなければと思うが、少女側が相席を求める理由はつかめない。美矢乃の周りの十以上のテーブルには誰もついておらず、他にいくらでも適当な席があるのだ。

少女は構わずステッキを椅子に立て掛け、美矢乃の真向かいに座ってそうするのが当然のごとく話し始めた。

「私が小さい頃から通院している病院に、今月の初めに入院した男性がいるんです。その人、ここではKさんとしましょう、そのKさんが昨日、息を引き取りまして。長く患っていて余命も宣告されていたのですが、それよりずいぶん早い逝去でした」

脈絡もなく知らない人について語られても美矢乃は反応に困る。少女が運んできたトレイの上にはきつねそばといなり寿司《ずし》三個のセットが載せられていた。名家の御令嬢然としているのに、似合わないものを注文したのだな、あぶらあげが好きなのだろうか、とふと思ってしまう。

少女は話を継いだ。

「私は縁あってKさんと親しくなり、自分はもう保《も》ちそうにないので後を頼みたい、と託されたことがありまして」

「はあ」

警戒心も浮かばず、美矢乃は曖昧な返事をしたが、少女の次の発言に目を見開いた。

「Kさんがあなたのお父さんの殺害現場を合鍵で開け、自殺の偽装を崩し、偽造された遺書を持ち去り、後に犯人である有働新平について警察に教えました」

少女はそんな美矢乃を穏やかに見返し、どこからか一枚のクリアファイルを取り出すとテーブルに置く。中には封筒がひとつ、挟まっていた。

「そしてこれが、現場から持ち去られた偽造遺書です」

封筒には『遺書　田内栄貴』と手書きで記されている。冗談やいたずらにしては趣味が悪く、手が込み過ぎている。そもそも犯人、有働新平が自殺を装って栄貴を殺し、偽造遺書を置いた事実は報道されていない。その遺書が持ち去られたのもだ。それらを知っているのはごく限られた人間だけだ。

少女はベレー帽を取ると胸に当て、瞳を閉じて一礼した。

「木澤美矢乃さん、私はあなたにお父さんの事件の真相をお話しする役目を引き受けました。しばしお付き合いください」


美矢乃の携帯電話にメールの着信があった。美矢乃は自失しながら反射的な動作でそれを開いて内容を確認する。昴からのもので、近くにいるからすぐ行く、できれば彼女を引き止めて、とあった。その画面からゆっくり視線を移し、美矢乃は少女を見直す。

「Kさんっていったい誰なの？」

少女はベレー帽をかぶり直し、箸を手に取ってそばの中に差し入れる。

「素性は伏せさせてください。Kさんはすでに亡くなっていますし、その罪も軽いものです。あなたのお父さんとは病院で知り合い、同じ寿命が短い者同士、親しくなったそうですが」

美矢乃は携帯電話を置き、必死に頭を回転させようとする。この少女がでたらめを並べているとは思えない。あまりに事情に通じ過ぎている。全ての黒幕から事の次第を聞かされているように。

少女は汗を額ににじませた美矢乃をよそに、箸を上げつつ涼しい表情で語り出す。

「真相は単純です。事件を最初から計画したのはあなたのお父さん、田内栄貴さんです。犯人の有働新平は栄貴さんの罠《わな》に掛けられ、殺人犯にされただけです」

あまりに意外なことをそばをすする合間に言われ、美矢乃はしばし開いた口を閉じられなかった。やはり全て少女の妄言だろうかと困惑しながら何とか諭《さと》す調子で言い返す。

「罠って、殺されたのはその父さんで被害者なわけで」

すると少女の方が意外な指摘をされたというように応じてきた。

「自分を殺させることこそ栄貴さんの計画なら、被害者とは言えませんよ。栄貴さんには病を苦にして、という自殺理由がありますよね。その痛みは薬でも気休め程度にしかならなかったそうですし。そして自分で死ぬのも人に殺されるのも結果に違いはありません」

ここまで言われれば美矢乃も少女の示す構図が読めた。単純だけれど、昨日昴とともに挙げたいくつかの疑問をそれは解決してしまいそうだ。

「つまり父さんは、有働に殺されることで自殺しようとした？」

「はい。栄貴さんは会社の不正を告発しようと有働新平に協力を求めれば、自分を殺しに来ると予想していました。そういう相手だと知っていたんですよ。また彼に、いっそ自殺した方が楽になれるんじゃ、と医者にも漏らしていると言っていたそうです」

自殺の状況で遺体が発見されれば、担当医が補足の証言をしてくれると期待できるわけだ。美矢乃は思考を速める。

「そうすれば自殺を偽装して殺すのが最善と犯人の有働を誘導できるか。他にも完全犯罪ができそうな材料をそれとなく出せば、有働は気づかずそれを集めて、父さんの望む殺人計画を立てるかもしれない。いや、でも、なんでそんな遠回りな自殺を」

その疑問にもすぐ自分で解答が出せた。

「そうか、海外の短編ミステリでも読んだ。自分で死ぬのが怖いから、わざわざ殺し屋を雇って自分を殺させるっていうの」

「はい、いくつか作例がある動機ですね。自殺もまた勇気や思い切りが必要です、自分で死ぬのは怖いもの。他人に殺してもらう方が楽な場合もあるでしょう」

少女もミステリファンなのか、さらりとそう合わせるとこうも続けた。

「ただし栄貴さんにはそうする他の理由もありました。有働新平にしかるべき報いを与えようとしたんです」

美矢乃はこの理由はとっさにわからなかった。少女は優雅に説明する。

「会社の不正に関わって、犯人の有働新平は間接的に人を死に追いやったりしていたそうです。それは法的には裁けず、不正を告発しても罰は下されない」

そう言えばその話は聞いていた。自殺に追い込んだ社員がいるとか。民事裁判で責任を問えはするだろうが、遺族への負担が大きく、勝訴して賠償金を請求できたとしても、相手に支払い能力や支払う意志がなければ何の罰にもならない。

「だから父さんは自分を殺すように有働新平を追い込み、後で殺人犯として捕まるようお膳立《ぜんだ》てしたのか。元の罪を問えないなら、等価の別の罪で裁かせるため」

栄貴はわずかな余命をそうして差し出すと決めたのか。

「Kさんは栄貴さんの死後、そうする細工を頼まれたんです。栄貴さんはあの部屋で自殺を偽装して自分を殺させるよう、有働新平を誘導しました。栄貴さんの状況だと自殺するならアパートの部屋で行うのが自然ですし、住人も少ないので犯人も動きやすい。有働が殺しに来る日も予想できたでしょう。そして栄貴さんはあらかじめ部屋の中に隠しカメラを仕込み、その映像を離れた所にいるKさんにモニタリングさせせました。たった六畳の部屋ですから、三台も仕込めば死角はありません」

最近のカメラは小型化し、無線で高画質の映像を遠くへ当たり前に送れる。携帯電話といった小型の端末で映像を受信することもだ。アパートから少し離れた車の中や物陰に身を潜めながらモニタリングもできるのだ。

栄貴が自身の殺人を演出したなら、お化けなど持ち出さなくとも合理的な説明ができてしまう。

「だから警察に告発した人物が犯行をそばで見ていたように詳細を知っていたのか。合鍵だってあらかじめ父さんから渡されてたんだ」

「犯人が自殺らしく見せるために現場を密室にするのも予測してましたからね。そしてKさんは有働が犯行を終えて立ち去ると現場に行き、密室を開いて偽装工作を全て台無しにし、偽の遺書も持ち去りました。この時に部屋に仕込んだカメラも回収しています」

「なぜそんなことを？　有働を殺人犯として告発するなら密室を開けなくとも、カメラの映像とか、それこそ密告の電話だけでも逮捕させられる。はっきり他殺とわかる現場に作り直さなくとも」

カメラがそのままだったり、映像を警察に提出したりすると栄貴が殺人を予期して準備していたと推測されかねないが、ならカメラを回収してドアを開けておくだけでも十分な気がする。

「ですから有働新平にしかるべき報いを与えるためです。自殺を偽装して警察の捜査もされず事件は片付くはずだったのに、翌日の報道で密室は開かれ、偽造した遺書もなく、他殺としか思えない状態になっている。有働からするとこれは恐怖でしょう。逮捕されるまでも、逮捕された後も恐怖は続きます。犯行をモニタリングしたのは、有働の偽装工作を残らず消すためでもありました」

「そうか。事件は自殺として片付けられると安心していたのにそれじゃ、わけがわからなくて怖いに決まってる。そうやって有働のこれまでの罪に足る苦しみを与えようとしたのか。実際、有働は警察で事実を知らされて取り乱したって聞いたし」

美矢乃はそこまで言って齟齬《そご》を感じた。

「でも有働の計画じゃ密室が開かれたり遺書がなくなってるのが絶対だから怖がったりしないでしょ。今、取り乱してるのも警察に逮捕されてようやく自分の計画がまるでうまくいってなかったのを知ったからで」

少女は丼《どんぶり》の中のあぶらあげをつまんだ。

「栄貴さんもKさんも、有働の殺人計画が志乃さん、あなたのお母さんを第一発見者にし、偽装工作の痕跡を消させ、遺書も処分させるという凝ったものだとは想定していなかったんですよ。前もって想定するには凝り過ぎじゃあないですか」

美矢乃は言われて合点《がてん》がいく。

「父さんは有働を思い通り動かそうとしたけど、その有働が母さんを思い通り動かそうとしてるなんて入れ子状態、考えられなかったのか！」

「まるであやつり人形が自分でもあやつり人形をあやつろうとする状況です。想定しろというのに無理があります」

その状況をイメージして、いかにも推理小説的で人工的なのに美矢乃はもはやあきれるしかなかった。

「自殺を偽装して密室まで作ったらそこで目的は終わりと思うよね。まさか密室が特定の人物に開けられるのを前提に作られたとは思わない。結局、事件が報道されてもその時点では有働は計画通りとむしろ喜んでた」

少女はそばをすすり、もう少し七味唐辛子がいりましたか、と呟《つぶや》くと話を元に戻す。

「Kさんは有働の様子は知れませんでしたが、持ち去った遺書をあらためて見て、それが栄貴さんの筆跡を真似た手書きであるのを不審に思いました。警察で筆跡鑑定されれば偽造とばれる可能性が高いのに、なぜこんな手間ばかりかかる遺書を仕立てたのか。まるで警察に見られないのを前提としているよう。また内容もやけに志乃さんを貶《おとし》めるものになっている。そこでようやくKさんは有働の計画に気づいたんです」

偽造遺書。ここでもそれが事件を皆の計画外に転がす鍵になっていたのか。

「これでは有働は捜査が始まっても恐怖しませんし、下手をすれば志乃さんに嫌疑がかけられる。それは栄貴さんの本意ではありません。だからKさんは当初の計画を修正し、警察に有働の犯行を教えました。栄貴さんは会社の不正告発を秘密裡に進め、それを知っているのは有働だけ、と思わせていましたが、有働とともに告発準備を進めていた資料をKさんに託してもいます。有働に疑惑を向ける材料としてです。警察の動きが鈍いならそれを送るつもりでいましたが、そこまでしなくとも有働は逮捕に至りました」

「有働は最初の警察の捜査で不正告発に協力を求められてたと話すわけがない。自分に容疑が向きかねないし、最終的に父さんは自殺したと思わせたいのに、告発もせず自殺するわけがない、と警察に思われても困る。なのにそんな資料が出てくれば、有働は一気に怪しくなる。警察の追及が厳しくなるのは免れない」

少女は美矢乃の理解が早いのを讃《たた》えるように微笑む。

「こうして栄貴さんの狙い通り有働新平は殺人犯として逮捕され、わけがわからない状況に惑乱するという二重の苦しみを味わっています。会社の方も不正が明るみに出て、こちらも何らかの裁きが下るでしょう」

有働は自分が会社の命令でやっていたと強調するため、不正について積極的に警察でしゃべっているそうだ。それもまた栄貴の計画内だったかもしれない。

美矢乃とすればこんな中学生くらいの少女に真相を託したKという人物の見識に疑問は浮かぶが、内容については疑いを持てなかった。これまで枠の中に収まらなかった断片がきれいに収まっているのだ。

少女はひとつ息をつき、まとめるように言う。

「栄貴さんは、事件が一定の決着を見れば真相を美矢乃さんに伝えてくれるようKさんに頼んでもいました。離婚してから合わせる顔がなく、余命がわかっても会えなかったが、自分は最後、価値のある死に方をした、少しは誇れる父親であったとそれによって美矢乃さんに思ってほしかったと」

「私に会いたくないわけじゃなかったんだ？」

そこも引っ掛かっていたが、少女を信じるならその懸念だけは消える。

少女は大人びた仕草《しぐさ》で苦笑した。

「志乃さんから会うよう促しはしなかったそうですが、あなたのことは気に掛けていたでしょう。美矢乃さんは昔から推理小説がお好きだそうですね。それを憶《おぼ》えていた栄貴さんは、自分がその世界のような計画で、見事に死んでみせたのを自慢したかったに違いありません」

浮気がばれて家を叩き出された父親という負い目をそれで払拭《ふっしょく》し、父の威厳《いげん》を取り戻そうとしたのか。もともと美矢乃は父の浮気を知った時はその不実さを責める気持ちはあったが、今となっては申し訳なさの方が強くなっている。

栄貴が離婚後、けして幸せと言えない経緯の中で挙げ句無残《むざん》に殺されたのが気分をいっそう重くしていたが、この真相には救いがあった。

しかしまだ安心はできなかった。肝心のことが明かされていない。冷たくなったコーヒーのカップを握って美矢乃が口を開こうとした時、機先を制するように少女が箸を軽く上げる。

「ただまだ計画外の余波がありました。偽造遺書の内容です。有働の自供でそこに木澤志乃さんに不都合なことが書かれていると関係者に知られたんです。Kさんによれば、その内容は栄貴さんが有働に語ったことだそうです。有働を信用させるため、別れた奥さんの不正もそのままにしないとあれこれ挙げたと。ただし内容は多少真実を含んでいても裏付けが不可能だったり、明らかな嘘だったりで、志乃さんを不快にさせこそすれ、それ以上の害を与えるものではありません」

少女はテーブルにあるクリアファイルに挟まれた封筒を示す。

「けれど正確な内容を知れない志乃さんにとっては、誰とも不明な人間に自分を責める内容の文書を持たれている、という状況です。志乃さんも仕事の上では表にできない手段を取った経験もあったでしょう。その文書がどう作用するかわからない。有働新平ほどではないにしても気味が悪くなります。それは美矢乃さん、あなたの生活にも悪い影響を与えかねない。Kさんも遅まきながらそれに気づきました」

Kという人は後手に回りはしているが、適切に修正点に気づける知恵と注意深さはあったのか。普通なら見過ごしていてもおかしくない。有働の殺人計画が現実にそぐわないものだったのが連鎖的に問題を起こしたのだ。

少女は幼い顔立ちで事件について語る。

「特に美矢乃さんを不安がらせるのは栄貴さんの遺志に反します。それではまた父親としての印象を損《そこ》ねてしまう。Kさんはその時には入院の身になり、自由に動けなくなっていました。そこでやむなく私に最後の役割を頼んだわけです」

美矢乃は真《ま》っ直《す》ぐ向けられた少女の大きな瞳を見返した。少女は品良く笑む。

「事件はまだ完全に決着しておらずとも、自分が死ねばなるべく早く美矢乃さんに真相を伝え、不安を取り除いてほしいと。この偽造遺書は後ほど匿名で警察に送るつもりです。そこで内容がはっきりわかれば、志乃さんの懸念も解消されるでしょう」

テーブルに置かれたクリアファイルの中の遺書を少女は箸を持たない左手で示した。

警察は事件現場を荒らし、密告してきた謎の人物の正体はつかめないが、偽造遺書が手に入り、有働がそれを自分が作ったものと認めれば、厄介事がひとつ減ったくらいには思うかもしれない。検察も公判に持ち込めると判断するだろうか。

問題の解消は望ましいが、美矢乃は自身の責任について考えた。

「真相について、私はどう扱うのを期待されてるの？」

「あなたの自由にして構いませんよ。ただし警察に伝えれば有働新平の罪は軽くなりそうですし、しかるべき報いが与えられないのもおわかりでしょう」

少女は期待する行動を暗に示唆《しさ》する。犯人が捕まっており、冤罪《えんざい》でもないなら、沈黙が金となっても悪くはない。美矢乃もそこは同意できた。

「そうね。母さんには教えるべきかもしれないけど、偽造遺書が警察に送られればひとまずは安心しそう。有働の刑が確定してからでもいいか。でも昴には早めに教えた方がいいかな。何も知らないままだと変に気を揉むかもしれないから」

真相を知らされた母が警察に伝えたり、Ｋという人物の素性を確かめようとしたり、余計な真似をしないとも限らない。昴は頼めば、他人に漏らしたりはしないだろう。

美矢乃は冷めたコーヒーをひと口飲む。そしてこのままだとただ少女の話を聞かされたぼんやりした女子高校生に終わりそうなので、ひとつだけやり返すことにした。

「Kという人、父さんと病院で知り合っただけにしては計画で大きな役目を果たし過ぎじゃない？　事件の時、隠しカメラで知った人が殺される瞬間をモニタリングするなんて、相当な覚悟がないとできないよ。その後の行動だって余命わずかで意気投合しただけにしては義理堅い。これだと父さんばかりにメリットがあってKさんには何も得がない。父さんの行動でKさんも何か大きく得るものがあったんじゃないかな」

少女は話が終わったとばかりきつねそばを本格的に食べようとしていたが、手を止めて興味深そうに美矢乃を見る。

「会社の不正の隠蔽で自殺者が出ていたよね。もしかするとその自殺した人の遺族の誰かがKさんじゃないの？　だから有働への復讐《ふくしゅう》となる父さんの計画に力を貸した。違う？」

同じ病院で同じ寿命の限られた身の上で、同じ意趣返しをしたい相手がいた。だから強く手を組み、義理堅く行動できたのではないか。的外れではないはずだ。

少女は箸で丼の中を二度ほどかき回した後、肩をすくめる。

「私は故人の遺志を尊重するだけですよ」

違うとは言わない。なら正解なのだろう。

美矢乃は少しだけ満足し、次にちょっとした好奇心から、という調子でクリアファイルに視線を向ける。

「この偽造遺書、読んでいい？」

「はい。あなたの指紋がつくと面倒なので、この手袋を」

少女は白く薄い手袋をこれもどこかから取り出し、クリアファイルの上に置いた。ドラマや映画で刑事や鑑識がつけているのをよく見るあの手袋だ。美矢乃がそう言い出すのを予期して準備していたらしい。

少し癪に障ったが美矢乃は手袋をはめ、封筒を取り出し、中の便箋《びんせん》を広げる。二枚あった。有働はよく二枚分も人の字を真似て書いたものだと少し感心してしまう。

美矢乃は三度ばかり内容に目を通し、大きく息を吐《は》き出した。これで完全に心配がなくなった。つい笑みがこぼれてしまう。

「本当に母さんの仕事の不正についてしか書いてないな」

便箋を畳み、封筒に戻してクリアファイルに元通り挟み直す。

美矢乃が遺書を読んでいる間、きつねそばを食べるのに集中していたらしい少女は丼から顔を上げた。

「安心されたようですね。志乃さんの生活態度を誹謗したり、恨み言を述べたりはしていませんん。一応栄貴さん自身は志乃さんに死後の後始末を頼んでいるわけですから、犯人の有働も私生活の恨み言まで並べるのは不自然と考えたのでしょう。Kさんが知る範囲でも栄貴さんは志乃さんの人間性を悪く言ったりしなかったそうですよ」

では最後まで栄貴は気づいていなかったのだ。それを幸いと思うべきか、憐れむべきか。

美矢乃は手袋を外し、閉じた本を手に取る。とてもここで読書を再開する気にはなれず、席を立ちたい気分だった。少女がきつねそばを食べ終えるのを待つのも間が抜けているだろう。いなり寿司もまだ二個残っている。

すると少女が箸を置き、不意に言った。

「しかし美矢乃さん、あなたの安心の仕方は不自然ですね」

「え？」

少女が何を問題としているか、美矢乃はつかめなかった。けれどいきなり肩を押さえられたかのように動けなくなった。この少女は何か恐るべき指摘をしようとしている。

少女は穏やかに続ける。

「確かにお母さんの仕事上の不正が公にされる事態はあなたも生活の影響を受けますから不安にもなります。けれどあなたではこの偽造遺書に書かれている内容がどれくらい真実を含み、お母さんの仕事に影響を与えるか、判断できないはずです。なのに明らかに偽造遺書を読むことであなたは大きく安心された」

指摘はまるで正しかった。少女は頼まれた役目を終えて気を抜いていそうなものなのに、事実丼に集中していたはずなのに、なぜそこを見逃さなかった。

「書いてある内容から判断できないなら、あなたは仕事の不正についてしか書かれていないことにこそ安心したんです」

少女の声は可愛らしく、明るいのに、鋭利だった。理を伴っていた。

美矢乃は反論や言い訳を頭の中に探す。少女はそれさえ見透かすようにクリアファイルの中の遺書を指して静かに言った。

「あなたはいったい、ここに何が書かれているのを恐れていました？」


美矢乃はどうにか座り直し、無理にでも笑って少女の追及をはね除《の》けようとする。無駄とわかっていても。

「そんな指摘をするのも頼まれてたの？」

やはり少女はまるで動じず、ぶしつけなほど親しげな態度で答える。

「いえ、これは単なるお節介《せっかい》です。栄貴さんはあなたと幼なじみの紫藤昴さんとの仲を気にされていたそうです。うまくいっていれば微笑ましいが、と。小さい頃からあなたは昴さんに想《おも》いを寄せていたそうですね」

この少女はどこまで知っているのか。Kという人から聞ける以上の事実を明らかに把握している。わずかな情報から推し量り、調査し、生まれた疑問を消してから美矢乃に声を掛けたのだ。

全身が冷たくなる美矢乃に少女は愉《たの》しげに語り出す。

「さて、偽造遺書の内容です。志乃さんにとって仕事以外で不都合なことと言っても、直接犯罪に関わるものなら有働がすでに警察に話し、捜査が始まっていそうです。有働がわけのわからない現状の解明を求めるなら、関係者の犯罪なんて重要な情報を今さら隠さないでしょうし、警察も無視はしません。けれど志乃さんはそんな取り調べを受けていませんよね？」

少なくとも美矢乃は聞いていないし、志乃が警察からそこまでの疑念を持たれているとは見受けられない。だから不安が募ったのだ。志乃も同じではないか。

「なのにあなたの不安は偽造遺書を読むまで続いていた。では警察が知っても特に捜査の必要も感じず、志乃さんにとって不都合で、極めて大きな不安を引き起こす内容とは何でしょう？　それだけでは単なる不道徳だけれど、別の情報と組み合わせると重大な犯罪を連想させるものなのでは」

少女はひたひたと、首を刈り取る鎌を手に近づいてくるようだった。

「三年前、紫藤綾菜さん、昴さんのお母さんが歩道橋の階段から転落死していますね。靴のヒールが折れたのが原因とかで。もしそのヒールが折れやすいよう誰かに細工されていれば立派な殺人になります。ちょうど良い時に折れるかはわかりませんが、うまく偶然が重なれば死に至る事故を誘発できる。死ななくともたまたまヒールが折れたと済まされ、殺人計画と露見しにくい。非常に賢い犯罪です。こういう偶然を利用した不確実な犯行を推理小説では何と言いました？」

「プロバビリティの犯罪」

美矢乃は即座に返す。死ぬ確率が高くなる状況に殺したい相手を置くことで行う殺人。食中毒を起こしやすい食べ物を食べさせる、階段にビー玉をひとつ転がしておく、事故の起こりやすい道路を走らせる、その程度でいい。実際に食中毒で死んだり、ビー玉を踏んで転んだり、交通事故に遭遇するのは稀《まれ》だけれど、起こらないとは限らない。そして起これば不運な事故と見なされ、殺意があったとさえ思われない。

「はい、その通りです。紫藤さんの家に出入りできる人ならヒールに細工できたでしょう。事故当時、そんな疑いは周囲の誰にも起こらなかったかもしれません。動機がなければいっそう。けれどもし、それ以前からあなたの母親の志乃さんと綾菜さんの夫の類さんが不倫関係にあったとしたら、綾菜さんを殺害する動機と機会を持った人が出現しますね。不倫相手が邪魔な正妻を殺害する、ミステリでもよくある動機です。もしかすると二人の関係は六年以上前、あなたのお父さんと離婚する以前から今も続いているのではないか。あなたはそう思ったのでは」

美矢乃は喉の渇きを覚えても、コーヒーの入ったカップに手を伸ばせなかった。少しでも動けば叫んで逃げ出してしまうかもしれない。その反応は最悪だった。全てを認めたも同じになる。今は黙っているしかなかった。

「あなたは栄貴さんが二人の関係に気づいており、それを暗にでも非難する内容が偽造遺書に書かれているかもしれないと不安になった。離婚の時、栄貴さんの浮気が原因なのに慰謝料や養育費の請求がなかったのが不審と言えば不審です。なら志乃さん側にも何らかの非があったと考えられます。志乃さんも浮気をしており、相手が家族ぐるみで付き合いをしている隣家の夫と気づいたなら、仲の良い子ども達のためにも軽々に表沙汰にはできないでしょう。栄貴さんが有働に対し、今になってその愚痴を漏らしていた可能性も否定できない」

少女の言う通り、美矢乃は少し前からそう考えるようになっていた。

「あなたは偽造遺書によってその一連の疑惑が浮かび上がるのを恐れた。無論、警察が殺人を疑って捜査をしても証拠までは出ず、疑惑に留《とど》まるかもしれません。けれど人間関係は疑惑だけでも壊れます。母親を殺したかもしれない女性の娘に、昴さんは今後変わらず接してくれるでしょうか。昴さんの綾菜さんへの思慕が強ければいっそう」

志乃と類が不倫関係であったくらいなら、まだ何とかなるかもしれない。だが志乃が綾菜の死に関わっていれば、取り返しはきっとつかない。さらに類がそれを黙認していたり積極的な共犯者であれば、全てが崩れるだろう。

「昴さんはそんなことは気にしない少年かもしれません。しかしこれまでの関係が失われる目算の方がどうしても高い。よってあなたは昴さんにこんな疑惑を持たれる状況は恐怖でしかなかった」

美矢乃の沈黙を少女は肯定ととったのか、満足げに箸でそばを上げる。

「だからその疑惑を招きかねない文言が偽造遺書に書かれていないのに安心した。栄貴さんは志乃さんの関係についてはまるで気づいていなかったんですよ」

そして少女は心底あきれたという風に苦笑して継いだ。

「もっと言えば美矢乃さん、紫藤綾菜さんの件も純粋に事故死ですよ。警察の捜査を甘く見てはいけません。ヒールに折れやすい細工がされていれば必ず気づきます。それを殺人と疑うのは推理小説の読み過ぎです。もう少し素直に現実を見ましょう。志乃さんと類さんの関係がかなり前からのものなのは確かですが」

この少女も不倫の存在は認めるらしい。しかしその年長者が不出来な後輩をたしなめる調子に美矢乃は苛立ちを覚えざるをえない。少女はなお重ねる。

「ついでに志乃さんと類さんが不倫関係にあったとわかれば、昴さんが綾菜さんの死とつなげるなんて発想が飛躍し過ぎです。プロバビリティの犯罪なんて、よほどのミステリ好きでないと知らないし本気にしませんって」

だからと言って昴が気づかないとは限らない。この少女はそんな犯罪を知っていたのだ。有名なミステリ作家、文学者、漫画による作例だってあるのだ。

「変な心配をせず、昴さんと男女の仲に進んでもいいんじゃあないんですか。そばにいるだけで満足とか志が低いですよ。既成事実を作れば少々の障害は無視されますし」

少女は趣があるようで実はまるでない、恋愛の教示までしてくる。こういう所は知識としてしか恋愛を知らない中学生くらいの少女らしいかもしれない。肝心なことをまるで読めていないのだ。

「あなたは何もわかっていない。昴と私が結ばれることはけっしてないの」

美矢乃はようやくコーヒーを一口飲めた。少女がなお、物の分かった年長者ぶった態度で能天気なことを言う。

「ああ、昴さんの好みは自分より小さくて可愛い、年上じゃない大人っぽい女の子なんていうものでしたね。そんな非現実な女子を追い求めてもじき夢破れて、素敵な幼なじみの存在に気づきますって。青い鳥は近くにいるもので」

その昴の理想通りの少女が何を言っているのか。お前みたいなのがいるから世の中ままならなくて。

美矢乃はこのいい気になっている少女に現実を思い知らせてやらなければ気が済まなか

った。だから少女を嘲笑《あざわら》うように言ってやった。

「あなたはわかっていない。私と昴は血がつながってるの。私の恋は、あらかじめ失われてるんだ」

美矢乃は自分が浮かべた笑いが自身にも向かっているのはわかっていた。

・

少女の反応など構わず、美矢乃は堰《せき》を切ったようにしゃべる。

「私と昴は昔から仲が良くて、周りに付き合ってると勘違いされたことは何度もある。昴も私も否定してたし、事実付き合ってはいない。でもいずれ付き合いそうと思われてはいた。それが一年くらい前、マンションの駐車場で母と類さん、昴のお父さんが話してるのを偶然聞いた。類さんが、私と昴がいずれ付き合うんじゃないか、美矢乃は本当は俺の子なのにまずいんじゃないか、って母に言ってた。母は全然気にした風もなく、昴君の女性の好みは美矢乃と正反対だから、そんな心配はいらないって笑ってた」

無論、美矢乃は昴と男女として付き合える可能性は前から低いと思っていた。あまりに昴の好みと自分が違い過ぎるから。けれど奇跡を信じていなかったわけでもない。それがこの会話で完全に希望を捨てるしかなくなったのだ。

「母と類さんの関係は、結婚前からのものだったんだよ。思えば類さんは昔から私に優しかったし、自分の子どもみたいに接してくれた」

心当たりがあり過ぎて、納得できてしまった。もしかすると栄貴の浮気の原因や、離婚後まるで美矢乃と会おうとしないのも、実子でないと気づいていたからでは、とも考えていた。どうやら栄貴は何も知らなかったようだが。

「誕生日からすれば、私が昴の姉になる。だから結ばれるわけにはいかないんだ」

美矢乃は言いたいことを言い切ると大きく息を吐き、残ったコーヒーを一気に飲み干した。後はどうとでもなれといった気分だった。

そこでようやく少女の顔を直視する。うろたえて挙動をおかしくしているのを期待したが、少女はまるで平静だった。大人びた余裕を見せ、むしろ感心している風だった。

「なるほど。そこで初めて二人の不倫関係を知りましたか。若い頃付き合っており、結婚してから偶然再会、互いの伴侶《はんりょ》に不満が出てきた時に不倫に至る、というのはありますね。お二人とも若くして結婚されていますし、その時ごたごたがあったかもしれません」

少女は美矢乃の発言さえ予想していたごとく、再び説教じみた調子で切り出した。

「だとしても美矢乃さん、早合点《はやがてん》し過ぎじゃあないですか。DNA鑑定をしたわけでもないのに、なぜ昴さんと血縁関係があると断定できます?」

「でも母もそう認めていて」

少女のあまりに自信に満ちた、むしろ確証さえ持っていそうな態度に、美矢乃の方が狼《ろう》狽《ばい》させられる。少女はわざとらしいほどため息をついて首を横に振った。

「類さんの気を引くため、そんな嘘を以前についていたとも考えられますよ。再婚に踏み切らせる口実だとか。類さんに思い当たる節があり、美矢乃さんを前から可愛がっており、自分の子だったらと思っていれば、それを幸いと感じたかもしれません」

一応の筋は通る。あまりに希望的観測に基づき、夢見がちな仮定ではあるが。

困惑するしかない美矢乃に、少女はあきれたように言う。

「だからあなたは考え過ぎなんですよ。推理小説じゃあるまいし、そんな複雑で秘密の血縁関係なんてそうありません。犬の神様を祀《まつ》っていたり、変わった手鞠唄《てまりうた》が残っている村でもないんですよ。恋を失うのは確証を得てからにしましょうよ」

他人事《ひとごと》と思って楽観的なケースばかり並べているが、美矢乃はとても受け入れられない。そもそもこの少女にそこまで信を置いていいのか。

少女はそんな美矢乃に胸を張ってみせる。

「私は中学時代からの片想《かたおも》いを高校で成就しました。相手は他に結婚を約束した女性がいたというのにです。時にはこういう逆転があるものです」

小さく可愛いのに、恋愛に関してこの少女は飛び抜けた成功体験があるらしい。まったく容姿にそぐわない。美矢乃はすっかり毒気を抜かれた気分でいたが、ふと引っ掛かった。

「高校で成就って、あなた今、何歳なの？」

つまり少女は現在中学生ではない。この外見で美矢乃と変わらない年齢なのか。

少女は自明とばかりに答える。

「今年二十一歳になります」

美矢乃が思ってもみない数字が出された。美矢乃よりずっと年上だった。少女は年長者ぶっていたわけではなく、真実年長者だったのだ。少女という形容自体、不適切な年齢だ。

美矢乃はどう凝視しても自分より年下にしか見えない女子に愕然《がくぜん》とするしかなかった。自分より四、五歳上だ。

その年齢を再認識した時、テーブルに立て掛けられたステッキが目に入る。反射的に少女の大きな両方の瞳に視線を移した。それらが記憶の中でひとつの像を結ぶ。

信じ難くも、美矢乃はこう問わないではいられなかった。

「まさかどちらか一方ずつ、義眼で義足とか？」

「はい。右が義眼で左が義足です」

彼女は目を開いたまま右眼《みぎめ》に指で触れてみせ、ステッキを取ると左足を叩いてみせた。どちらも硬質な音がする。

一連の遣り取《やと》り、その特徴、推理小説に関する知識。全てがつながった。美矢乃はこの娘の名前を知っていた。慄然《りつぜん》としながらその名を口にしてしまった。

「岩永琴子。私立瑛々高校で名探偵と怖がられてた」

「おや、よく知っていますね。別に大したことはしてなかったんですが、ミステリ研に在籍していた関係でそんな噂が立ちもしました。古い話です」

岩永は照れたようにベレー帽に手を添える。

何もかもの辻褄が合った。Kという人物が彼女を信頼して後を頼んだのも、わずかな手掛かりから美矢乃の心の底まで見抜いたのも、話に聞いた岩永琴子ならありえる。怖いほどに素早く、謎も問題も解決してしまう、あまりに異質な存在。聞いた話はまだ真実を弱めて伝えていたのではないかとさえ思った。

「私を知っているなら敢えて言いましょう。岩永琴子は嘘を言いません。あなたと昴さんに血縁関係はありませんよ。なんでしたらＤＮＡ鑑定をしてくれる所を紹介しますよ。お節介ついでに私が費用も負担しましょう」

岩永はもはや問題など何もない、後は美矢乃次第とばかりあっさり請け合ってみせる。

「先程の連絡で昴さん、ここに来るんじゃあないですか。さっそく試料を採取して鑑定を依頼してみましょうか」

言われて美矢乃は差し迫った危機に気づいた。確かに昴はここに向かっている。しかし昴と岩永を会わせるのはもしかすると最悪ではないか。

岩永は昴より年上だが、その他の条件はとりあえず満たしている。満たしているとは見える。昴も年齢についてはこの際目をつぶるかもしれない。岩永も昴を子ども扱いしないかもしれない。ただ一点、大きな問題があった。

「あの、岩永さん、話にあった恋人さんとは今も付き合っていて?」

美矢乃は焦りと恐れを抱きながら、身を縮めて確認した。言葉遣いも敬語にあらためた。

岩永はいなり寿司をひとつ箸で持ち上げ、真面目な顔で言う。

「この前バスルームで恋人のおいなりさんをつまもうとしたら殴られましたよ」

それは良好な関係かどうか評価に悩みかけたが、よく考えるとてつもなく品がない返答だった。品がないとわかってしまったのに美矢乃は自己嫌悪に陥った。

この人はダメだ。昴に会わせてはいけない。岩永琴子は昴の理想通りのようでいて、完全と言っていいほどそれを外れている。一見昴の理想通りであるがゆえに、それが目の前で砕け散っては、どれほどの心の傷になるか。美矢乃は岩永琴子は昴にとって幻の女子にしてしまった方がいいと判断した。

岩永はいなり寿司を口に運び、美矢乃にあきれたような目を向ける。

「あなたも愛の重い人ですね。まだ昴さんを真っ先に気遣いますか」

美矢乃の思考を岩永は一瞬で察したらしい。その観察力は気に障ったが、話が早いのは助かる。美矢乃は一刻も早く岩永に場所を移してもらおうとしたが、手遅れだった。

「美矢乃、ありがとう！　間に合った！」

息を切らした昴が美矢乃達のつくテーブル横に駆け込んで来たのだ。岩永の姿を認めて目を輝かせている。美矢乃は正直血の気が引いたが、少しでも被害を縮小しようとひとまず昴に飲み物なりを注文に行かせ、その間に岩永に穏便な事実の開示を頼もうとしたが、これも遅かった。

岩永は美矢乃を遮るように昴に声を掛ける。思い切り昴を子ども扱いして。

「紫藤昴君ですね、お話は美矢乃さんから聞いています。ここはひとつ、おねえさんの大人の恋愛について教えてあげましょう」


桜川六花は携帯電話を黒いコートのポケットにしまい、耳からイヤホンを外しながらショッピングモール内の女子トイレを出、どこかで濃くて熱いお茶でも飲めないかと歩き出す。夕刻が近くなってモール内の人はまた増えだしていた。家族連れの姿も多い。六花はとりあえず駐車場の方へと向かう。

今年に入って六花は合宿で普通運転免許証を取得していた。就職で不利にはならないからと九郎に言われ、半ば渋々《しぶしぶ》であったが、おかげで岩永に便利な足としてこうして今日も利用されたりしている。

するとと斜め右からステッキを軽快に突きつつ、岩永が上機嫌そうに歩いてきた。岩永は六花の姿を認めるとさっそく確認してくる。

「お疲れ様です。うまく未来を決定できましたか？」

六花はコートのポケットに手を入れて歩みを止めないまま肯いた。

「ええ、注文通り、美矢乃さんがあなたの説明を信じ、不安が消える方向の未来は決定できた。死ぬのも一回で済んだわね」

「六花さんの後押しがなくとも騙せそうでしたが、やはり確実を期すに越したことはありません」

騙せそうとは、まったく悪辣《あくらつ》な娘である。岩永が美矢乃に語った『真相』は半分以上嘘のはずだ。六花は岩永が通話状態にしていた携帯電話で、美矢乃との対話をトイレでひとり聞いていた。そしてタイミングを見計らい、彼女の持つ未来決定能力で、あらかじめ岩永が誘導するつもりでいた未来を決定したのである。能力を発揮する条件は一度死ぬことであるが、六花は人魚の肉を食べて不死身なので、すぐに生き返る。

隣について歩く岩永に、六花は一点だけ念は押した。

「ただしあの昴という子とうまくいく未来かは不明ね。まだ不確定要素が多過ぎる」

「そこは仕方ありません。当人達の努力に任せるところでしょう」

もはや他人事といった岩永の調子である。六花にすれば無責任にも感じられる。岩永の二人の人生への介入はそう言うには大き過ぎるとも思われた。

「けどあなたもひどいことするわね」

「何がです？」

自覚がなさそうに首を傾げられたが、六花は一部始終を聞いていたのだ。

「昴君はあなたに理想の女子を見ていたのに、あそこまでその理想像を壊さなくとも。まあ、あらかじめ失われていたのは彼の恋だったんだけど」

フードコートに来た昴に対し、岩永は九郎とのなれそめから現在の夜の生活までとうとうと語り、恋愛の素晴らしさを説くという真似をした。音声しか聞こえない六花には昴の反応は見えなかったが、彼の声が途中から聞こえなくなったので、おそらく絶句して崩れ落ちていたのだろう。美矢乃が、気を確かに、と声を上げているのは聞こえた。

「勝手な理想を押しつけられても困ります。それに応える義理はありませんよ」

確かに岩永は昴に対し、自分がどういう人物かを伝えたに過ぎないとも言える。

「それに理想の女子に裏切られれば、好みも変わって美矢乃さんを異性として意識できるようにもなるでしょう。それが紫藤綾菜さんの幽霊の頼みでもありましたから」

紫藤綾菜とはあの昴の事故死した母親だ。岩永が今回、事件の収束を急いだのは、その母の幽霊の頼みがあったからというのが大きいようだ。

「綾菜さんは昴君の心配以上に、美矢乃さんがいろいろ抱えて潰《つぶ》れそうになっているのが前から心苦しく、この機会に何とかしてほしいと言ってきました。あと昴君の女性の好みがあのままでは将来難があるし、美矢乃さんも可哀想《かわいそう》だから、少しは修正できないかとも。そういう気掛かりが強かったから綾菜さんは幽霊として世に残ったんでしょう」

「修正どころか女性不信を招いていないといいけど」

少年少女の恋愛に嘴《くちばし》を挟むほど六花は物好きではないが、今回は誰も彼もが余計な真似をしているようだ。死んだ母親からの恋愛の補助など、その最たるものだろう。

「それで綾菜さんの幽霊は今回の決着に満足を？」

「安心したのか、私にお礼を言うとちゃんとこの世から消えましたよ」

ならば岩永は役目を果たしたわけだ。後は有働新平が偽造した遺書を匿名で警察に送れば、事件は公的にも一定の収束を見るだろう。たとえほとんどの真実が隠され、嘘が信じられたとしても。

六花は変わらず駐車場に向かいながら、岩永に尋ねた。

「あなたが美矢乃さんにした話、どこまで本当なの？　Kという人はいないからその辺りがまるごと嘘なのはわかる。田内栄貴は不正を告発しようとして殺されただけ」

「そうですね。事件の説明はご存知の通りほぼ嘘です。栄貴さんが美矢乃さんに会おうとしなかったのは、やはり合わせる顔がなかったとかで深い意味もありません。志乃さんの不正についても最後に注意くらいはしようと、有働に話していたようです」

田内栄貴は事件の中である意味一番の被害者かもしれない。浮気こそしているが、そこまで不運を負わされ、殺されるほどの悪人ではなかったろう。浮気にしても岩永の話では妻の志乃も隣家の夫と関係を持っているから罪は相殺される。だからせめて嘘の解決の中では彼に格好のつく役回りを与えたのだろうか。そんな情のある娘ではないが。

「じゃあ綾菜さんの死は？　本当に事故なの？」

「はい。綾菜さんはヒールが折れて転んだ経験が過去何度もあるので、履く時には傷や劣化を必ずチェックしていたそうですよ。歩道橋での事故の日も同様で、うっかり階段を踏み損ねて転び、その弾みでヒールが折れたとか。当人の幽霊の証言ですから確実です。よってプロバビリティの犯罪は美矢乃さんの勘繰り過ぎです」

被害者がそう言っているなら信じざるをえないだろう。

「じゃあ木澤志乃と紫藤類の不倫は？」

「あれも本当です。二人は結婚前に付き合っていたんですが、家や仕事の関係で周囲の反対が強く、別れることになったんです。別れてすぐくらいに付き合った相手と二人とも結婚し、偶然同じマンションの隣同士として再会。それで四、五年経った頃にまた関係を持つようになったと」

「ふしだらな話ね」

「もともと二人の結婚は家や打算が先行したものだったんですよ。その意味では本当に好きな相手との関係を取り戻したのですから美しいとも言えますよ。お互い家庭はそれなりに大事にしていたので、栄貴さんの浮気や綾菜さんの死は互いにショックだったみたいです。二人とも不誠実であっても、悪い人じゃあないですよ」

九郎が浮気をすれば岩永はそんな寛容な態度は取らないだろうが、だから志乃は栄貴との離婚で慰謝料や養育費を請求するほど厚顔になれず、類は綾菜の死後、三年が経っても志乃と再婚する選択をしていないのだろうか。

「なら美矢乃さんが紫藤類の子じゃないというのも本当なのね」

せめて子ども達に悪影響がなかったのが救いかと六花が苦笑すると、岩永はこう平然と言ってのけた。

「いえ、そこは嘘です。美矢乃さんは類さんの子ですよ。志乃さんはお腹に類さんの子がいるのがわかった上で栄貴さんと結婚し、彼の子として産んでいます。家がシングルマザーを認めてくれそうになく、このままだと家から絶縁もされかねないので、血液型とかちょうどいい相手として栄貴さんを選んで早い結婚に持ち込んだみたいです。余命わずかな栄貴さんに美矢乃さんと会わせようと志乃さんが促さなかったのは彼の子ではなかったからで、栄貴さんの最後の頼みを受けたのも、その罪悪感があったからでしょう」

六花は束《つか》の間《ま》、口がきけなかった。この娘は何を平然と言っているのだ。嘘のたちの悪さに六花は頭痛を覚えてようやく返した。

「そこが嘘だと駄目じゃない。美矢乃さんと昴君は姉弟になるでしょう」

「官能小説じゃあよくある設定です。気にしない気にしない」

「私達はその世界の住人じゃないから」

「だとしても駄目ではありませんよ。だって昴君は類さんの子じゃありませんから」

ステッキを鳴らしながらまたも岩永は平然と述べた。思わず足を止めた六花に、岩永は前へ歩きながら補足する。

「綾菜さんは類さんと結婚する前、他の人と付き合っていたものの別れざるをえなくなり、お腹の子を隠して類さんと結婚したんです。家同士のつながりで、類さんは半ば綾菜さんを押しつけられたみたいなものだったそうですよ。代わりに仕事等で綾菜さんの家から大きな支援があった」

証明終了とばかり、岩永は六花に振り返ってまとめる。

「だから美矢乃さんと昴君に血のつながりはありません」

血液型に矛盾がなければ血縁関係の有無は容易には判別できないといえ、何とも乱れている。六花は再び歩き出し、湧《わ》いた疑念を問うた。

「もしかして綾菜さん、夫の浮気もその相手も全部知ってたんじゃ？」

幽霊として真実を知った後も類や志乃を恨むでもなく、今回の事件の収束に介入したとなればある話だ。

「知ってましたね。その上で温かく見守っていたそうです。彼女は昴君を育てられれば十分だったと。むしろ騙した形になってる類さんに申し訳ないので浮気しやすいようにも気遣ってたとか」

「その上で美矢乃さんと昴君の仲を応援していた？」

「はい。昴君にはぴったりの相手だと昔から期待していたと」

六花は目許《めもと》をつい押さえた。

「何て言うか、推理小説みたいな人間関係ね」

「なら私達は推理小説の世界にいるんですよ」

変わらず岩永は無責任に笑いながら問題を片付ける。推理小説の世界にこの娘がいてもいいのか、それ自体が問題になりそうではある。

「将来二人が結婚とかになったら確実に波乱を呼ぶわよ。なぜそのことまで二人に教えなかったの？」

「さすがにそこまでは二人もまだ受け入れられそうにありませんから。綾菜さんにも黙っていてほしいと頼まれましたし。早めにＤＮＡ鑑定をしておけば波乱も小さいでしょう」

確かに美矢乃も昴も、その真実はまだ消化できなかったろうし、綾菜も母親としての体裁は気にしたのだろう。実際、現状で法的にも科学的にも道徳的にも問題はない。将来、志乃と類が自分達の信じていたものが否定され、混乱するだけだ。そこから真実を知ったとして、普通に善良さを持つ人達は何ができるでもなし、日常に戻るしかない。

「今回の事件、一番たちが悪いの綾菜さんじゃない？」

「故人を悪く言うと見識を疑われますよ」

六花はこの娘にだけは見識についてとやかく言われたくはなかったが、結果的には全て丸く、理不尽に不幸を背負う者がいない形で終わっている。まるで岩永が善行をなしたかに見えてしまう。やはり六花はそこが釈然としなかった。

怪談・血まみれパイロン

ええ、まったくもって人間というのは不思議なもので、我ら幽霊、妖怪、化け物、あやかしなどといった怪異と呼ばれるものを、多くがやれ非科学的だ見間違いだ気の迷いだと言って存在を否定したりします。ところが、実のところひょっとしたらいるのでは、と心のどこかで強く思っていたりもするのでございます。

だから大抵は墓参りを真面目にしますし、お供え物に手をつければばちが当たるなんて言いますし、人の死んだ家や場所を避けたり、そこでは手を合わせたりします。霊やあやしいものに祟《たた》られぬよう、敬意を払ったり遠ざけたりするわけでございます。

夏ともなれば心霊現象の話題がテレビやラジオ、最近ではSNSなんてものの間で飛《と》び交《か》い、やれあれは創作だ、あれは本当だ、と論じたりします。心霊写真、心霊動画なんてものも昨今は流行っているようで。

そういうお前も元は人間だろうって？　はは、面目ない、私も幽霊なんていやしないと言いながら、ホテルの部屋にこっそり貼られた御札《おふだ》を見つけて震え上がっていたものですよ。今でもそういう御札は違う意味で震え上がってしまいますが。

さておき、ごく稀に、我ら怪異なるものの存在をまったく信じず、まるで敬意を払わない人間もいたりします。剛胆なのか鈍感なのか、それともよほど科学なんてものを信じているのか。何であれ大事なネジが幾本か足らないようにも思えます。先程も申しました人が死んだ家は賃料が安いと好んで住まう輩《やから》だっているのですよ。

はい、こたびはそういう人間の男がついに怪異によってぞっとさせられるお話で、題して『血まみれパイロン』。しばしお聞きくださいませ。


それは秋も本番の真夜中、ひとりの男が暗い道を住まいへと帰るところでございました。この男、大学生で小さなアパートにひとり暮らしなのですが、この日はちょいと嫌なことがありまして、酒でも飲まずにいられるかとばかり居酒屋に寄り、日付も変わった頃に帰路についておりました。

ぽつぽつと外灯がともっておりますものの暗いには違いなく、人の気配も他にありません。男はそんな夜道をひとり、携帯電話を片手にふらふらと歩いておりました。すると突然、目の前にひとつ、高さ六十センチくらいの赤いコーンが行く手を遮るように立っているのに気がつきました。

コーンと言いますのは円錐《えんすい》の形をした標識の一種で、工事現場などへの立ち入りを禁ずる印として赤いものが並べられているのを見た方も多いでしょう。ただ単に位置を示す印や、場所と場所の区切りを示したりするのにも使われますが、大きなとんがり帽子に見えなくもありません。円錐の中は空洞ですから、いたずら心でかぶってみたいと思った方もいるのでは。

高さはだいたい五、六十センチといったものが主流のようですが、二十センチくらいの小さなものから、二メートルはある巨大なものもあるといいます。名称はコーン、カラーコーン、ロードコーンなどと呼ばれており、ギリシア語で門を意味する言葉でパイロンと呼ばれることもあります。何となく格好がいいですなあ、パイロン。

この中ではカラーコーンというのが一番通じるでしょうか。これは辞書にも項目があるくらいです。けれどこの名称は商標でして、こう怪しい話の題名に使うと縁起が悪いと苦情があってもいけません、ここではひとまずコーンと呼ぶことにしましょう。

男は道の真ん中にひとつ立っているコーンについ立ち止まりました。別に辺りで工事をやっているわけでもなく、たったひとつそこにあるのですから不審極まりません。

すると男のすぐ目の前の十字路を車がびゅんと通りました。もし男が普通に歩いておりましたらその車に轢《ひ》かれていたかもしれないところです。

男はその怪しいコーンのおかげで危うく難を逃れたわけですが、突然行く手を阻《はば》まれた腹立ちにそんなことは気づかず、機嫌が悪い上に酒の入った勢いもあってコーンを思い切り蹴飛ばして転がし、何事もなかったようにアパートへ帰っていきました。

その翌日からでございます。男が夜、アパートで寝ておりますと、カンカンとドアを叩く音がします。こんな夜中になんだと男が起き出し、ドアを開けますと、そこには何と赤いコーンがひとつ立っております。よく見ればコーンはところどころまだらに赤黒いものがついており、さながら血まみれの有様《ありさま》。

昨日コーンを蹴り飛ばしたことなどすっかり忘れております男は、これは何のいたずらだと顔をしかめ、周囲に誰かいないかと外に出て見回しますが、人の気配はまるでしません。不審ではあるものの他にどうしようもなく、血まみれに見えるコーンに触れるのはさすがにためらわれるのでそのままにして部屋に入ってドアを閉め、再び布団に潜りました。

翌朝、ドアを開ければコーンはなく、血がしたたった痕跡もございません。男は面白くもなんともないと大学に参ります。しかしその夜、またドアを叩く音が。開けてみればやはりそこには血まみれのコーン。昨夜と同じく周囲に人の気配などございません。ただ冷たい風が吹き、固まった血に由来するのか、妙に生臭い、錆《さ》びた匂《にお》いが感じられます。

男は結局昨夜と同じく何もせず布団に戻りましたが、二晩続けてとなると気にはなってきます。

そうして次の夜、また次の夜もドアを叩く音がして外を見ればそこには血まみれのコーンが。男が無視をして布団に入ったままでいると、いつまでもドアを叩く音がし、開けてみるまでおさまりません。やがて一週間もこのようなことが続きました。

まともな人間ならとうにこの怪奇現象に震えあがって夜は眠れなくなるわ、家に帰れなくなるわと大変なことになりそうなものですが、男はただ連日、夜に起こされて不愉快といった反応です。

そうして男は大学の後輩にこの異常な事態について、学食でコロッケなど食べながら腹立ちまぎれに語りました。毎晩血まみれのコーンが部屋の前に立っていてドアを叩く、と。

すると後輩はまともな感覚の持ち主であったのでしょう、途端に青ざめ、男をいさめました。

「それ、明らかな心霊現象ですよ、祟られてますよ！　何かコーンに悪いことでもしたんじゃないですか？」

「コーンに恨まれる筋合いがあるものか。いや、そういえばちょっと前、道の真ん中に立っていたコーンを蹴り飛ばした記憶があるような」

「絶対それでしょう！　工事現場で死んだ作業員の霊とか、コーンを無視して事故に遭った人間の霊がそれに取り憑いてたりしたんじゃないですか？　死んだ時にそのコーンがそばにあって、よりかかって血がべったりついたとか。そんないわくのあるコーンを蹴ったりするから、きっと祟られたんですよ！」

「何だよ、霊が取り憑いたコーンって」

「古くから物には魂が宿るって言うでしょう。粗末《そまつ》に扱えばそれなりの報いがあるってものですよ。お祓いに行くか、その血まみれのコーンに真摯に謝るとかしましょうよ」

「何を言っている。そもそも霊とか祟りとか、そんな非科学的なものが現実に存在するわけがないだろう」

「いやいや、じゃあ毎晩起こってることは何なんですか」

「だからたちの悪いいたずらだ」

「だから人間はそんないたずらをしないし、できるとも思えませんよ」

「だからこれは狸《たぬき》が俺を化かしているに違いない」

「狸？」

「うん、狸だ。そうか、わかったぞ、あの夜、俺の前に立ち塞がったコーンは狸が化けていたずらしようとしていたんだ。それを俺が蹴飛ばしたから、その恨みで毎晩嫌がらせに来ているに違いない」

「狸が化かしてるって、それこそ非科学的な」

「何を言っている。昔から狸が人を化かすのは知られているだろう。民間伝承にもたくさん残っているし、落語にだって『狸賽《たぬさい》』という化け狸が出てくるのがあるくらいだ」

「それを言うなら『野ざらし』って幽霊が出てくる落語があるでしょう」

「そもそもだな、幽霊や化け物や妖怪だっていうのは、みんな狸や狐《きつね》が化けたり幻を見せたりして生まれたものなんだよ。のっぺらぼうや唐傘お化け、見返り入道とかそんな変なものは、人間を驚かすために狸が化けたものに過ぎないんだ」

男は真顔でとうとうと語ります。後輩は男が心からそう信じているようなのにあきれて物も言えない様子。なるほど男が血まみれのコーンを恐れないのは、怪異なんてものは全部狸のしわざ、そんな下等な獣がやっていることだから怖がるほどではない、と自分の中ですっきり処理できているからでございます。

何ともおかしな考えをする男だ、そんな奴《やつ》がいるとは信じられん、とおっしゃる方もいるかもしれませんが、これはこれで合理的な思考、心を安定させる一種の科学的な思考と言えなくもありません。

実際、狸や狐が人を化かすという言い伝え、民間伝承は多いものでございますし、小泉八雲《こいずみやくも》の怪談の中にのっぺらぼうの出てくるものがございますが、これの題名は『むじな』と狸を指していると思われるものになっております。明治になっても狸が人を化かすなんて話は新聞に載っていますし、真夜中、走っているはずのない汽車が煙を上げて駆けている、幽霊汽車だ、と騒ぎになったものの、実は狸が化けていた、なんて話もあるくらいです。

かように狸が人を化かすという発想は、昔から人間が親しんできたもので、幽霊や妖怪よりずっと信じやすいものなのです。

とはいえアポロ十一号が月面着陸して半世紀近くも過ぎた世に、人を化かす狸なんてものを疑問もなく信じている男もよほどの変わり者ですが。第一、化け狸はれっきとした妖怪ですし、お客様の中にもいくたりかおられるでしょう。ああ、手を挙げてくださりましたね。はは、ちょうどのっぺらぼうに化けておられる。そちらは何やらよくわからない奇怪な化け物に。人を驚かすにはそういうのが効きそうですな。

それでとにもかくにも、男は血まみれのコーンを微塵《みじん》も怖がっていませんが、迷惑して対応に苦慮してはいるわけです。

「そのコーンを捕まえて縛り上げようにも、素早く逃げられそうだし、縛り上げたと思ったら狸に幻覚を見せられ、本当は隣の住人を縛り上げてた、なんてことにもなりかねない。そうしたら大事《おおごと》だ」

「心配する所が微妙にずれてる気がしますが、絶対そんなのどかな話じゃないですよ。やっぱり霊ですって、祟りですって」

後輩はどうにか男を説得しようとしますが、馬の耳に念仏、犬に論語というやつです。

すると隣の席でノートパソコンを叩いていた娘が不意に二人に声をかけました。

「化け狸を捕まえるのは、そう難しいことじゃあないですよ」

後輩はまた変なのが増えた、とうんざりした顔になりましたが、男は素直に興味を持ちます。娘もどうやら同じ大学の学生のようですが、ずいぶんと小柄で、ひょっとすると男より七つか八つも年少に見えなくもありません。顔立ちも可愛らしく、幼さも感じます。また頭にはベレー帽をかぶっておりました。

男は娘に尋ねます。

「難しくないと言うが、罠でも掛けるのか?」

「広い意味では罠かもしれません」

「だがトラバサミなんてのは気が進まないぞ。いたずら狸をちょっと懲らしめてやりたいだけだ。手ひどいケガを負わせたり命まで取りかねない罠はいけない」

「そんな物騒《ぶっそう》なものは使いませんよ。不意に驚かせて、文字通り化けの皮をはいでやろうというくらいで」

娘は自信ありげに微笑みます。小さく幼い容姿ながら、その微笑みは老練な大人の風格があって、男はひとまず信用し、娘の策を聞くことにしました。

さて、さっそくその夜、男は娘の言うところの罠を仕掛けて部屋の中で待機しておりました。一方、アパートの外では血まみれのコーンがするすると階段を上がり、男の部屋に向かっております。血まみれのコーンひとつが勝手に動いてアパートの階段を上がるなど、まともな人間が見れば恐怖に卒倒しそうですが、あいにくこの時、それを見る者はございません。

そして男の部屋の前に来たコーンはその先端でもってドアを叩こうとしましたが、ドアに何か吊られているのに気がつき、ぴたりと動きを止めました。そして吊られているのが何かを認めますやギャッと声を上げ、もんどりうってひっくり返りました。同時にコーンはたちまちポンと、頭に木の葉を一枚載せた狸へと変わります。男が推察した通り、その血まみれコーンは狸が化けたものであったのです。

ドアにありましたのは右後ろ足に荒縄を掛けられて逆さ吊《さかづ》りにされ、体に何本も刃物を突き刺された狸の死体。血だらけで、白目を剝《む》いて舌まで垂らしています。何とも無残で総毛立つ屍《しかばね》の姿です。夜中、同胞のこんな屍と不意に出くわせば、化け狸も肝を潰して化けの皮が剝《は》がれようというものです。

もちろん本物の死体ではございません。ちょっと出来の良いぬいぐるみに刃物を突き立て、血糊をかけ、暗いところではそれらしく見えるよう細工しただけのものでございます。男はそれをホームセンターで買ってきた粘着テープでくっつくフックをドアに貼り付け、吊《つる》した次第です。

偽物の死体であっても効果はてきめん、男は叫びが聞こえ、床が鳴る音もしたのでドアを開け、そこに狸がいるのを見つけますと用意しておいた縄でこれを縛って部屋の中に引っ立てます。狸も吊られたものによる動揺がおさまらず、呆然としたまま捕まるしかありませんでした。

　これが娘から男が授けられた策でございまして、見事に成功したのに男も感心するばかり。あらためてあの娘には礼を言わねば、と心に思います。そして縛った狸を部屋に正座させ、連夜の嫌がらせについて問い質しました。

「確かに俺も目の前に現れたコーンをいきなり蹴飛ばしたのは乱暴だが、俺が歩くのを邪魔しようと先にいたずらを仕掛けたのはそちらじゃないか」

「いえ、あれはいたずらで行ったものではございません。あなたがあのまま進めば車に轢かれると思い、ああして足を止めようとしたのでございます」

「何、車に轢かれる？」

「はい、あの十字路は幅が広いので車はスピードを出しやすく、暗いのもあって事故が起こりやすいのでございます。ですので今にも事故になりそうなのを無視もできず、狸がいきなり声を掛けてもそれこそいたずらに驚かせかねないと、あのようにパイロンに化けて前に立ったのです」

　男は事訳を聞き、むうと唸りました。そう言われればコーンに足を止めた直後、目の前の交差する道路を車が速度も緩めず走っていった気もします。確かにあのまま歩いていれば轢かれていたやもしれないと認めるしかありませんでした。

狸は少々恨みがましく訴えます。

「なのに蹴り飛ばされ、転がされては腹も立ちます。ここはひとつ懲らしめてやらねばと連夜の行いをしたのも無理ないと思いませんか。ところが血まみれパイロンにあなたは怖がりもせず、なんと怪異なるものへの敬意が足りないのかと歯噛《はが》みするばかりで」

男はまたも唸ります。どうも道理は狸にあり、懲らしめるつもりが逆に男が懲らしめられねばならない立場と見えてきました。

男も別に悪人ではございません。事故に遭うのを危うく防いでくれました恩人、いえ恩狸にこの仕打ちはないと急いで縄をほどき、手をついて頭を下げました。

「意識しなかったとはいえ、これは俺が不義理であった。仕返ししたくなるのももっとも。どうか許してくれ」

狸ももとはわざわざ人助けをしようという性分です、こうして誠実に謝罪されればわだかまりなく男を許し、頭を上げるように言います。男は男でこれでは気が済まないと、部屋にある菓子などを狸に出し、おのれの罪をいくらかでも埋め合わせようとします。狸も人間の食べ物に興味はあるのか、多少遠慮は見せましたものの、ポテトチップスやチョコレートをまぶしたスナック菓子などうまそうに口にします。

少し前まで縛り上げ、恨み晴らさでおくべきか、といった両名でしたが、あっという間に打ち解け、一緒に菓子を食べて話します。

「急なことで大したもてなしもできないが、いくらでも食べてくれ」

「そうお気遣いなく。いや、人間の食べ物はやはりうまいですなあ。このグミというのはなんですか、果物の味がしますが食感は果物とずいぶん違って面白い」

「うん、最近はもとの果物の食感に近づけているものもあるが、他にない食べ心地だ」

「甘いものの後に食べるこの塩味の効いたポテトチップスというのもいいですなあ、海苔《のり》が付いているのがまた工夫されていて」

「俺も同感だ。酒でもあればまたうまいのだが、ちょうど切らしていてな」

「さすがに酒まで求めては強欲というもの。これで十分で」

「いや、それでは俺の気が済まん。明日にでもいくつか肴と酒を見繕《みつくろ》って、お前のところに届けよう。どこか良い場所があれば、そこまで持っていくぞ」

「ここは遠慮すべきなのでしょうが、両親も酒好きで、この機会に飲ませてあげられるなら孝行のひとつもできそうです」

「それに力を貸せるなら俺も嬉しいというもの、良い酒を持っていってやろう」

狸はならばと男が立ち止まらされた十字路近くにある神社に夕刻頃、酒と肴を持ってきてくれるよう頼みました。男は快《こころよ》く承知し、ほどなく狸は手を振りつつアパートの部屋から去っていきます。

その時男は、狸の背中の毛の一部が白く、ちょうど伊豆半島《いずはんとう》みたいな形に見えるのに気づきました。あれを目印にすれば他の狸がいても区別がつくと安心し、この夜は久方ぶりにぐっすりと眠りました。

明けて翌日、男は大学からの帰り、酒屋に寄って吟醸酒の一升瓶《いっしょうびん》を一本買い、それと合いそうな肴もいくつか購入するとさっそく指定された神社に参りました。あまり人の手が入っていないのか、石段の継ぎ目からは当たり前のように雑草が生《は》え、社の傷みもはっきりわかる寂《さび》れた場所ですが、狸が遊ぶにはこんな所が適していそうです。

男が社の裏手に参りますと、そこには狸が二匹いました。二匹とも男に背を向け、土の上に置かれた人の頭ほどの大きさの石に向かい、手を合わせている様子です。二匹とも背に伊豆半島を思わす白い毛はなく、昨夜の狸とは違うよう。

男はあの狸の仲間ではと、そのもの達に声を掛けます。

「ここでとある狸と待ち合わせをしているんだが、もしや知り合いではないか?」

二匹の狸は男に振り返り、怪訝そうに尋ね返します。

「このような場所で待ち合わせとは、どういう狸でございましょう?」

「わかるかどうか知れないが、こう背中に伊豆半島を思わす模様があってだな」

そう男が言いますと、二匹の狸は顔を見合わせ、一匹が驚いたように問うてきます。

「もし、あなたはその狸とどこでお会いになりました?」

「話せば長くなるが、昨晩うちでな」

男は訊かれるままに昨晩、狸と約束するに至った事情を二匹に語りました。二匹は話を最後まで聞き終えますと、大きく息を吐いて男に告げます。

「これはわざわざありがとうございます。あなたを助けた狸は私どもの息子でございましょう」

「息子さんでしたか。彼のおかげで俺は命拾いをしたも同然。なのに恩を仇で返すことになり、こんなもので償いの足しになればと思いまして」

男は一升瓶を上げ、周囲を見回します。

「それで息子さんはどちらに？」

目の前の狸は少々言《い》い淀《よど》むようにした後、こう答えました。

「実は息子は半年ほど前、車にはねられ命を落としました」

その言葉に男は呆然とします。

「命を落としたって、俺は昨晩、その狸と話したばかりで」

わけがわからないと慌てる男に狸は静かに続けます。

「けれど息子はとうに亡くなっているのです。信号無視の上に速度まで違反した車にはねられた息子は宙を舞い、離れた所にあった真っ赤なパイロンにぶつかって共に道路に倒れました。パイロンには車にはねられた際に息子が流した血がべっとりとつき、その血の形はそのまま息子の姿を写しているがごとくで。ちょうどあなたが命拾いをされた十字路の辺りでのことでございます」

言ってその狸は、先程まで手を合わせていた石を示しました。

「これが息子の墓でございます」

言われてみればその石はいかにも墓標であり、人の訪れなくなった神社にひっそりと埋葬された獣のものらしい佇まいをしております。

男はここに至ってようやくぞっと総毛立ち、顔を真っ青にしました。

「なら俺のうちに現れたのは、狸の幽霊だったのか！」

かろうじて腰を抜かすのはまぬがれたものの、自分は幽霊と語らい、約束までかわしたのだ、と男はすっかり肝を潰しました。

狸の両親は男にぺこりと頭を下げます。

「死して霊となっても人を助け、事故を防ごうとは立派な息子でございます。あなたもこうして感謝を示してくださり、親として礼を言います」

男は戦慄しながらも、礼を言うのは自分の方で、と答え、どうにか気持ちを落ち着けようとします。それから石の墓標の前に屈《かが》み、一升瓶の蓋を開けると少しだけその上に酒をかけ、南無阿弥陀仏《なむあみだぶつ》と震える手を合わせました。狸の両親もあらためて手を合わせます。

男はあの狸の願いだからと残った酒と肴を両親の狸に渡し、青い顔色のまま神社を後にしました。相手は幽霊、妙な罠を仕掛けて驚かすなんて真似をしたのです、ひとつ間違えばもっとひどい祟られ方をしていたかもしれないと、あらためて恐怖を覚えました。うかうかと娘の策を信じた自分が悪いとはいえ、今思うとあの娘は男が本物の霊に祟られていると察し、霊など信じないという男が面白くなく、敢えてひどい目に遭わせようとあのような提案をしたのでは、とまで思えてきます。幸いそうはならなかったものの、帰りの道中、男は生きた心地がしませんでした。

こうして霊や祟りなど非科学的だと言っていた男でございますが、この日以来、すっかり宗旨を変えまして、我ら怪異なるものに敬意を払い、世の神秘に対し慎《つつし》みを持って対するようになりました。何もかも狸の仕業にするなんて浅慮な話、思考停止もはなはだしかったと。人間、変われば変わるものです。

それともうひとつ、男はこの時からコーンのことは必ずパイロンと呼ぶようにもなりました。なぜかって？　コーンは狐の鳴き声、狸が化けてちゃ、ややこしい。

着物姿の落語家の幽霊が舞台でサゲを言って頭を下げると、化け物や妖怪や亡霊がひしめく客席から拍手が鳴り響いた。岩永琴子はその反応にひとまず満足する。落語家の幽霊はそんな客席にもう一度頭を下げ、腰を上げると岩永がいる舞台袖《そで》の方へと向かってきた。

舞台と言っても、廃工場の中のがらんとした空間に箱や物を並べ、一段高い舞台らしきものをしつらえて座布団を置いたりし、落語を披露する高座をとりあえず仕立てたくらいのものだ。客席も椅子などなく、それぞれが適当に地面に座り込んだり、腰掛けられそうなものを持ち込んで座ったりしている。もともとここは近隣の幽霊や化け物達の溜まり場《たまりば》で、この夜は落語家の幽霊の独演会が行われるとなっての処置である。舞台袖も適当に物を積み上げ、客席から見えない空間を作ってあるだけに過ぎない。

岩永は恋人の桜川九郎とともにその舞台袖で幽霊の落語を聞いていた。そしてその幽霊は岩永の前まで来ると客席に向かってした時より深く頭を下げる。

「おひいさま、こたびは新作落語を書いていただき、ありがとうございました。お客様にも楽しんでいただけたようで、これからも演じさせていただきます」

「なに、実話に少し手を入れたくらいだ。生前、古典落語を中心にやっていたお前にはつたなく思うところもあったろう」

岩永は鷹揚《おうよう》に答えたが、隣で九郎が彼女に胡乱《うろん》がる目を向けている。事情を説明する間もなくここに車で送らせたからだろうが、気にしないでおく。

落語家の幽霊は神妙に返してきた。

「いえいえ、古典が中心だったというだけで、新作の方が先人と比べられない分、やりやすく思っておりました。それでも幽霊や化け物の出てくる演目は好きでやっていたのですが、そういうのは大抵幽霊や化け物が最後には人間に利用されたり馬鹿にされたり、扱いの悪いものが目立ちます。それを本物の幽霊や化け物の前で演じるのはまずそうで。それを最後は化け物がいい所を持っていく情もある噺《はなし》を用意していただいたのには感謝するばかりです」

化け物が人間をからかう噺もないではないが、怖がられるはずの幽霊や化け物が人間に困らされたり間の抜けたことをするという状況の方が愉快な話になりやすいせいか、扱いが悪く感じられるものが目立つ面はある。確かにそれに終始する噺は当の化け物達にはやりづらいだろう。

岩永は手にするステッキで舞台袖の暗がりから見える客席を指した。

「こういう娯楽が好きな化け物も多い、成仏するまでまた芸に励《はげ》むのもいいだろう」

「ありがとうございます」

再び礼を言う落語家の幽霊に岩永は肯き、九郎に合図してそのにわか作りの寄席《よせ》をステッキを突きながら後にする。まだ何本か演目が残っているようだが、今夜は岩永の書いた落語の実演具合を見に来ただけなので長居は無用だ。それに他の化け物達が袖に岩永や九郎がいると気づけば、落ち着いて噺を聞いていられないかもしれない。落語家の幽霊もそんな雰囲気は望まないだろう。

岩永は廃工場を出てベレー帽をかぶり直し、九郎が運転してきて駐めた車に近づく。廃工場に入って落語が始まった辺りからいろいろ質したそうにしていた九郎が、ようやく岩永に尋ねてきた。

「今回はどういう相談だったんだ？」

「聞いた通りですよ。落語家の幽霊が演目に悩んで、化け物達だからこそ面白く思ってもらえる噺がやってみたいと、頼みに来まして」

「落語も書かないといけないとは知恵の神も大変だな。いっそライターの幽霊とかに外注した方が出来が良かったんじゃないか？」

まるで岩永の噺の出来が悪かったみたいな言い種《ぐさ》である。少しも労《いたわ》りを感じられない。

「神様が落語を書き下ろして何が悪いと。化け物達の相談に軽重はありません、どれも手ずから全力で取り組むものです」

むしろこういう相談にもたやすく応じるから信用が得られるのである。考えもせず外部へ丸投げしてはありがたみも薄まるだろう。一番近くにいる恋人が知恵の神の日々の努力を理解していないのは困った話だ。

岩永があらためてその機微について説教しようとしたら、九郎が気配を察してか先に話題を変えた。

「それであの噺、お前らしい人物も登場してたが、どれくらい実話がもとなんだ？」

「ほぼ実話ですね。登場する狸が幽霊だった、という点が嘘なくらいで」

「かなり肝心な所が嘘じゃないか」

訊くんじゃなかった、と言いたげな九郎だが、真実はそういうものが多いとまだ学習していないらしい。岩永は本当にあったことをかいつまんで教える。

「化け狸がいたずら目的でパイロンに化けたのだけれど、相手の男がいきなり蹴り飛ばして去ったので、ならば仕返しにと次の夜から血まみれのパイロン姿で男の部屋を訪れ、怖がらせようとしました。けれど男はそれは狸の化けたものに違いないと最初から思い、まるで動じなかったんです」

「男が狸の仕業と思ったのは本当なのか」

「怪奇現象は全てそうと割り切って人生を単純化してた人みたいで。全て霊の仕業にして無闇に怖がる人よりは面白味はあるかもしれませんが。けれどそれが真実を捉えていたため、狸の仕返しがまるで通じなくなりました。そこで狸はこのままでは悔しいと、私に相談に来たんです」

九郎が頭痛を覚えたみたいに眉を寄せたが、概ね事情を察せたらしい。

「相手が狸の仕業と思い込んでいるなら一度そこを確定させて油断させ、後でその狸は実は幽霊だった、という嘘を信じやすくしたのか」

「はい、そのためにわざわざ私が男に策を授け、狸が実は半年前に死んでいた、という情報をいかにも自然に知るように仕立てたわけです。もちろん狸は生きていますし、親と名乗った二匹の狸も私が用意した偽物です。男を事故から助けようとしたというのも嘘ですね。単に狸は男をいたずらで脅かそうとしただけです」

いたずらの失敗を返上するのに岩永が手を貸すのは良いとは言えないが、怪異への敬意がまるでない男に少しばかり道理をわからせるのは悪いことでもないと、岩永は助力したのである。

「ともかくこうやって男を震え上がらせ、目的を達成したわけです。それに少々手を入れ、人情噺《にんじょうばなし》風にまとめたんですよ」

「狸に幽霊に嘘に人情といろいろねじれて、何が真実かどうでもよくなる話だな」

「それを現実も落語もうまくまとめたこの知恵の神を讃えてください」

「いや、お前が現実も落語もややこしくしてる元凶だろう」

岩永もその点に関しては自覚がなきにしもあらずだったので、こう言って誤魔化すことにした。

「そんなに私が危険と思うなら、パイロンでも立てて囲えばどうです？　まあ、先輩のパイロンは私の中に立ててもらって」

すかさず九郎に頭をはたかれた岩永だった。

飛島《とびしま》家の殺人

飛島椿《つばき》は子どもの頃から何度となく祖母の龍子《りゅうこ》と会っているが、その顔を思い出すのには苦労する。なぜなら龍子はいつも、顎《あご》の先まですっかり隠れる黒色のベールをかぶっていたから。ベールの色は濃く、表情どころか目鼻の形すら見て取れない。織り方が巧《たく》みなのか、龍子の方からは周囲が見えるようだが、その視界には常に黒い紗《しゃ》がかかっているはずだ。

龍子も、人に挨拶《あいさつ》する時や食事の時などはそれなりに融通をきかせてベールを外すが、一定の礼儀を尽くすと、またすぐに光でも恐れるようにその黒い幕を顔の前に下ろすのだ。

だから椿も龍子の顔を何度も見てはいるが、ベールをかぶった姿の方が記憶に強く残り、肝心の素顔の方は思い出しづらくなっていた。

六歳の時、なぜおばあさまはいつも顔の前に布を垂らしているのか、父の頼行《よりゆき》に尋ねたが、『いろいろあってな』と誤魔化された。いかにも苦いものに耐える口調や顔つきからそれ以上は訊けず、再び尋ねたのは椿が大学に入り、二十歳になってからだ。言い換えれば椿が二十歳になった時も龍子は八十三歳で存命であり、黒いベールをかぶっていた。

頼行もいずれ話す必要があるとは思っていたのだろう、この時は割合抵抗なく詳細を話してくれた。

何でも祖母の龍子は若い頃、政財界に多大な影響力を持つ女性だったという。龍子の父、椿からすると曾祖父《そうそふ》に当たる飛島道義《みちよし》が相場師として財を築き、他にも多くの事業に手を広げ、様々な投資、不動産の売り買いをしていたが、その成功の裏に龍子がいたというのだ。

道義は五十歳前まではそれなりに株や投機で利益を出せていたものの、しくじりも多く、差し引きで見ればさしたる利益を出していない有様だったという。しかしある時、戯《たわむ》れに十六歳になる娘の龍子にどの株を買うといいか訊いてみたところ、さして見込みがあると思えないものを指したが、道義も自身の勘や運に懐疑的になっていたので、ものは試しとそこに金を投じたという。

結果的にその株が短期間でみるみるうちに何十倍もの利益を生み、道義はもっと張り込んでおけば、と歯嚙みした。それをきっかけに道義は龍子の勘と運に信頼を寄せ、何かと相談するようになった。

最初は験担ぎみたいなもので、自分がいくつか有力候補を挙げ、龍子に選ばせる、といったやり方をしていたが、龍子が十八歳になる頃には、彼女が一から買う銘柄を選び出していたという。そしてその方が儲《もう》けが大きい現実によって、道義は龍子を自分の右腕としてそばに置き始めた。

もし龍子に母親がいれば、そんな虚業に手を染めるのを許さず、良い相手を見つけ、良い結婚をして家庭に入るべきと反対していたかもしれないが、母親は道義の浮き沈みの大きい生活に嫌気が差し、龍子が六歳の時に家を出てそれきりだった。

ただし龍子は二十歳の時に結婚をしている。それも恋愛結婚で、自分が見初めた五つ上の走太郎《そうたろう》という男に積極的にアプローチしてというから、当時としては稀な例かもしれない。

道義は相場師として急速に名を上げたが、その陰に龍子がいるのは早い内に知られた。小娘の勘を当てにした馬鹿親、じき手ひどく転ぶ、と鼻で笑われていたのは短い間で、龍子は理路整然と自身の選択の根拠を前もって語り、ほとんどの場合、その見込み通りの成果を上げてみせた。

一方で龍子はそういう虚業はどうしても運の要素が大きいのもわかっていたのか、道義に実業の方に足場を置くよう進言した。とは言っても自身で経営するというよりはこれと見定めた人や会社に資金を出し、大きくするといった方法で、ある意味では相場勝負と変わらないかもしれない。しかしそれも多くが成功し、結果を出した。

見込みのなさそうな新たな事業や技術開発にも龍子は惜しみなく資金を提供していたのでこれも最初は裏で笑われていたが、そういったものほど他に競合相手がなく、いざ成功すると独占的な利益を得るものであったので、結果が出た時には道義と龍子のひとり勝ちといった状況になった。

見込みが薄い時に惜しみなく資金を出したので、会社の関係者からは感謝され、相場での儲けほど急激ではなくとも継続的な利益が見込め、人とのつながりが増すことによってこれまでにない影響力も龍子は持ちだした。じき龍子を笑う者がいなくなったどころか、飛鳥龍子が目をつけたものこそ儲かる、と龍子の動向に周囲が息を詰め、注視するまでになったそうだ。龍子が手を伸ばす方向に資金が潤沢に集まり、それが成功をより引き寄せやすくする、という流れまで生じた。

そうなると価値があるから龍子が目をつける、というより、龍子が目をつけたから価値が生じる、という逆転現象まで起こり、無価値のものにまで龍子は価値をつけられる力を持ったとも言えた。

そうやって龍子は様々な新規事業に資金を提供するのに合わせ、慈善事業や教育にも力を入れ、会社や技術を育てる、人を育てる方面に力を入れた。それらはすぐには利益を生み出さず、最初は持ち出しが大きく、元手を回収できないリスクが高いと道義は不満を漏らしていたが、龍子の読みが大きく外れた経験はなく、そうやって善行を重ねれば運も巡ってきやすくなると途中から言い出し、むしろ龍子より積極的だった時もあるそうだ。

私生活で龍子は二十歳と二十二歳の時に男子を産み、二児の母であったが家庭には入らず精力的に活動していた。家庭に入らずとも夫の走太郎との仲は良好であり、おしどり夫婦の見本と周囲に言われたとか。その走太郎は飛島家が資金を出す事業の多くをとりまめ、その調整力が高く評価され、龍子は男を見る目も確かだ、とそこでもまた一目置かれていた。一方で走太郎は龍子があってこそ腕を振るえる秀才に過ぎないといった評を陰でささやかれる場合も多かった。

それでも龍子が舵《かじ》を取り、道義と走太郎を動かすことで、政財界において飛島家はいつでも城を築けるほどの力がある、その苗字《みょうじ》のごとくいずれ空にまで自分達の島を、領地を築くのでは、と恐れられた。

ところが龍子が四十歳の時、最愛の夫である走太郎が交通事故で急死し、さらに腹心として目にかけ、後継にと育てていたとされる部下が龍子の金を横領の上、失踪《しっそう》するという不幸が連続した。特に走太郎の死が龍子に与えた衝撃は大きかったらしく、葬儀の席でも何度か顔を両手で覆ってその場に崩れたという。

それから龍子は走太郎の葬儀を終えても喪に服するように、あるいは毎晩泣きはらした顔でも隠すように、表立った場所に出る際にはベールをかぶり、やがて日常生活でもベールをかぶる時が多くなった。

頼行は最後にこうまとめた。

「オーストリアの国母とも言われるハプスブルク家の女王、マリア・テレジアは夫のフランツ一世の死後、自分が死ぬまで喪服で暮らしたそうだ。それにならったわけでもないだろうが、母さんはそれ以降、派手な服装をすることもなかった」

十八世紀の歴史上の女王を引き合いに出すのに驚きはしたが、言われてみれば椿の記憶の中の龍子はいつも地味な服装をし、喪服に近い身形で、ベールを取った時の顔も、いつも何かに耐え、何かを悼み、沈痛な思いでも押さえる硬いものだったと気づかされた。教えられた龍子の半生も女王めいた伝説に満ちている。マリア・テレジアもフランツ一世とは恋愛結婚だ。

ただやはり、椿は一連の説明で、祖母の龍子の業績に現実味を感じなかった。椿が物心ついてからの飛鳥家は経済的に恵まれ、父の頼行は県内では名の知られた私立高校の理事をつとめ、別に運送会社を経営し、叔父の登《のぼる》は三期連続で県議会議員に選ばれてはいたが、政財界に影響力を持った大層な家という雰囲気はなかった。資産家ではあろうが、地元の名士が関の山だ。椿も自分が御令嬢などと名乗れる気がしない。令嬢らしいのはせいぜい、祖母を『おばあさま』と呼ぶ点くらいだろう。

椿が率直にそこを質すと、頼行は苦笑したものだ。

「飛鳥家が隆盛を誇ったのは何十年も前だ。母さんは夫の死と腹心の裏切りのショックからか新規の事業や投資に乗り出さなくなり、手がけていた事業も人に任すようになった。それにその二つの不幸は瞬《また》く間《たま》に政財界で知られ、あの飛島龍子の神通力《じんずうりき》も衰えたか、と徐々に周囲から人が退きだした。確かに夫の死も腹心の横領も察せられず、葬儀では泣き崩れ、ベールをかぶり続けるんだ、信頼も落ちるというものだ」

これだから女は、とあからさまに侮蔑《ぶべつ》する言葉を投げられもしたという。それでも龍子を慕《した》う者は多く、本格的な仕事への復帰を促したが、ベールをかぶった龍子にかつての覇気はなく、いくつかの会社に名誉顧問として名を連ねることはあっても、一線からほぼ身を退いた。道義は事業拡大に未練があるようだったが、龍子を強いて引き止めず、自身も仕事の上で新たな投資に手を出さず、こちらも同様に一線から退いた。龍子の判断なくしてはどんな勝負もできないと自覚していたのだろう。走太郎の死から五年後に、道義も逝去している。

飛島家の成長はそこで終わり、後は緩やかに衰退していった。走太郎が亡くなった時、長男の頼行は二十歳、次男の登は十八歳でともに学生であり、仕事を任せられるわけもなく、下手に動いてはせっかくの資産を意味なく溶かし、借金を発生させるだけであり、ある意味では最善の選択だったのだろう。

「かつての栄光は失ったし、事業の多くが人手に渡ってもいる。時代の流れで消えた会社も多いが、今も保有している株や不動産から生じる収入は多額で、母に恩のある人や企業のつながりで私や登の仕事がうまくいっている面もある。現状を不幸と言っては罰が当たるだろう」

頼行は苦笑のままそう続けたが、心底悔しげにこうも言った。

「だがもし、母があの時折れなければ、母はそれこそ今も政財界で女王と呼ばれ、私も弟も国の経済を左右できる場所にいたのではと思ったりもするよ。父が死んだのは、これからもっと上に行けるという時でもあったんだ。昔の飛島家を知っている人は、現在の私に憐れむ目を向けることもあるんだぞ」

それだけ龍子の受けた心の傷が大きく、何年経っても喪に服さないではいられないほど夫を愛していた、という話になるのだろうが、椿は腑に落ちなかった。

「それでも何十年もベールをかぶり続けるのは度が過ぎてる。私にはまるで、おばあさまは何かに怯《おび》え、必死に何かを見ないようにしているとも、何かの許しを得ようとしているとも思える」

ただ心に浮かんだ印象を椿は口に出しただけだったが、頼行は唇を閉じた厳しい表情のまま娘を凝視した。その反応に椿が驚いたのに数秒後頼行も気づいてか、目を逸らし、

「考え過ぎだ」

と自身が何かへの怯えを隠さんばかりにそう否定した。椿はそれ以上は質せず、ただ祖母のベールにはまだ秘密がありそうとは心に刻まれた。

その秘密が再び問題になったのは七年後、椿が二十七歳になった時だった。

「父さん、植村健三《うえむらけんぞう》っていう人、知っている？」

寒さの和らぎが感じられだした三月の初め、椿は職場である役所から独り暮らしをしているマンションに帰ると、煙草《タバコ》を口にくわえながら久しぶりに父の携帯電話に連絡を入れ、前置きもなくそう尋ねた。数拍ほど間を置いた後、頼行は怪訝そうに返した。

「どこでその名前を聞いた？」

「昔、父さんが住んでた屋敷で働いてた人でしょう。そう名乗る幽霊がこのところ、私の部屋に現れて困っているのだけれど」

その幽霊は三日ほど前から自宅にいて煙草を吸おうとすると現れ、とある頼みをし、また参ります、と言って消えるのを繰り返していた。煙草を吸おうとする時を選んでいるのは椿が話を聞く余裕があると見てだろう。夜中枕元に立つよりはマナーを守れている。また幽霊が礼儀正しく振る舞っているのもあって、椿もそれほど取り乱さないでいられた。とはいえ気味が悪いのには変わりない。

幻か一時的な気の迷いかと見ないふり、聞こえないふりをしていたが、今日も帰宅して煙草をくわえてライターを手にした瞬間に現れ、同じ訴えをして消えたので、やむなくそのまま父に連絡を入れたのだ。

「確かに健三さんは十五年前に亡くなっているが、冗談なら親子の縁を切るぞ」

頼行がいかにも半信半疑といった調子なのに、椿は火をつけた煙草を手に腹立たしく言い返した。

「健三さんいわく、飛島家の関係者で霊を感じられるのは私くらいしかおらず、やむなく現れたそう。父さんや登叔父さんの所にも行ったけれど、まるで反応してくれなかったって」

椿はいわゆる幽霊や怪奇現象といったものを頭から否定しないし、過去にそれらしいものを見たり感じたりした経験もないではない。それでも疲労からくる幻視や幻聴の類や単なる見間違いといった解釈もでき、またそれらが本物であったとしても関わるべきではないだろうから感じても距離を取っていたが、連日、はっきりと名指しで出現されては拒絶しようもない。

頼行も実の娘の久しぶりの電話に冗談もないだろうとようやく受容できたのか、多少なりと真面目に考え込む声が聞こえた。

「だがなぜ健三さんが？　亡くなった時は私や登、母さんも葬儀に行ったが、あの人に限って飛島家に祟るなんてあるはずがない」

「そうでしょうね。難病で苦しむ息子さんの手術費用を龍子おばあさまが出して、以後飛島家に長く仕えて父さん達のお世話もしたって本人も言っていたから」

健三と名乗る幽霊が椿に害意がないのをそう説明したものだ。それは飛鳥家のごく限られた人間しか知らない事実なのか、頼行の声の真剣さが増した。

「本当に健三さんの幽霊が出ているのか？　いったい何のために？」

椿はわずかに逡巡《しゅんじゅん》を覚えたものの、話さねば先に進まない。

「『龍子奥様がこのままベールをおかぶりになったまま将来お亡くなりになりかねないとは、あまりに忍びありません。そのためどうか頼行様のお力で、走太郎様が巻田孝江《まきたたかえ》を確かに殺せたと奥様に納得させられないでしょうか。御迷惑は重ね重ねお詫《わ》びします、お嬢様からそう頼んでもらえませんか』と言っていた」

携帯電話の向こうの父からは沈黙しか返ってこない。椿は二度煙草を口から離し、煙を吐いてから先を続けた。

「健三さんは十五年前に亡くなった時、龍子おばあさまがまだベールをかぶっているのが気掛かりで成仏できず、それから今日まで見守ってきたけどおばあさまはまだベールを手放さないでいる。それでたまらず私を通して父さんに頼んできたと」

それでも父が黙っているので、椿は尋ねる。

「巻田孝江って誰？」

頼行は深いため息とともに応じた。

「覚えているか。母さんの金を横領して失踪したと話した母さんの腹心だ」

龍子のベールの理由について訊いた時にその人物が挙げられたのは椿も記憶している。幽霊からベールの話をされたばかりでもあった。

「いったいどういうこと？　健三さんはそこまでは話していない」

「電話でできる話じゃない」

頼行の父、つまり椿の祖父が殺人を犯したらしい。けれどそんな身内の重大事件を椿は知らず、健三の幽霊によれば頼行が隠していた節がある。どう転んでも犯罪につながるしかない話だ。電話で語るのをはばかる気持ちはわかる。

結局、次の休みに椿が実家に帰省して事情を聞くことになった。健三の幽霊は翌日も現れたが、頼みには前向きに応じるからしばらく現れないでくれるよう言うと、頭を下げて受け入れてくれた。

そして日曜、椿は実家に帰省した。駅名が県名と同じになっている駅から徒歩十分ばかりの庭付きの一戸建て住宅で、二世帯が楽に暮らせる大きさだが現在は頼行と母の二人暮らしで、この日母は友人と旅行に出掛けているとかで留守だった。だから椿を呼んだのだろう。母には椿が来るのを教えていないらしい。

椿には兄が二人いるが、両者ともすでに結婚して独立しており、将来的にはこの家を誰が相続するか、揉めそうでもある。土地だけでもひと財産になるはずだ。

昼を過ぎてから実家に着いた椿はリビングで頼行と向かい合った。頼行は今年で七十歳であるが、髪の白さは目立つものの、老《ふ》け込んだ容姿はしておらず、何歳か若く見える。服の上から体のたるみも感じさせない。私立高校の理事職はすでに辞したが、運送会社の経営にはまだ関わっていると聞いていた。リタイアしてもまるで生活に困らないのに、やるべき仕事が無くなる方が困るらしい。母はそんな父には付き合っていられないと気ままに趣味を楽しんでいるそうだ。

「龍子おばあさまは最近どうしているの？」

椿は自分でいれたコーヒーを手にまず、そう訊いた。龍子は四十代の半ばからマンションで長く独り暮らしをしているそうだが、この冬になって体調を崩し、入院生活を送っている。二人の息子が二十年ほど前から毎年、もう高齢だからどちらかの家で同居しないかと勧めていたのを、足腰はしっかりしており、人も雇っているので身の回りのほとんどは困らないと、断り続けていたそうだ。

龍子は表舞台から去った後は自宅に引きこもりがちではあったが、黒いベールをかぶりつつ飛鳥家の関わった文化事業や福祉施設には義務的ではあるが顔を出すなど、人との交流はある程度維持していたし、時には気分転換にという周囲の勧めに従ってか旅行に出掛けたりもしていたので、ひとりで大丈夫と拒絶されれば頼行達も強くは出られなかったという。

その龍子も今年で九十歳になるのだ。これまで長期の入院はなかったというが、老化は避けられず、独り暮らしは限界とも思える。椿は忙しさもあってまだ見舞いに訪れていないが、頼行はそれなりに足を運んでいるようだ。

「母さんも九十歳になるんだ、医者は年齢からすると丈夫な方と言うが、いつ何かあってもおかしくはない。言葉も頭もしっかりはしているが、病院のスタッフによれば、多少の記憶力の低下は見られ、過去の記憶が曖昧になっている様子があるとも聞いた」

頼行はソファに座り、テーブル上にある椿がいれたもう一杯のコーヒーが満ちたカップを見つめながら答えた。

過去に忌まわしい何かがあるなら記憶が薄れる方が幸いかもしれない。椿はそう思ったが、期待通りにはいかないらしい。

「それでも母さんはベールをかぶるのをやめないそうだ」

「病室でもまだベールを？」

どうやら龍子の肝心の記憶は薄れていないようだ。白い病室のベッドの上に半身を起こし、黒いベールで顔を隠す祖母を想像し、椿は胃に重みを感じた。

「ひとりの時はどうか知れないが、病室に誰かいるとかぶっている時が多いそうだ。診察の際は自分からすぐに外すし、誰に迷惑をかけているわけでもないから問題にはならないが」

頼行の重い口調には、龍子がそうしているのもやむを得ないといった念が感じられた。そこまでしてベールをかぶらなければ耐えられない現実とは何か、償えないものとは何か、椿には不明だったが、幽霊が言っていた殺人が関わるのは間違いないだろう。

「それで過去に何があったの？　その巻田孝江さんは失踪したって聞いたのに、殺されているなんて」

椿が促して、ようやく頼行はあきらめをにじませながら話し始めた。

「もう五十年ばかり前になる。私の父の走太郎は孝江さんを空き巣の犯行に見せかけて殺害、それが露見すると夜、車で逃走した。しかし慌てていたのか途中で車ごと崖《がけ》から転落し、そのままこの世から去った」

椿も予感はあったので驚きはしなかった。走太郎が事故死したのは事実だったが、全体としては意味合いが変わってくる。

「当時大きなニュースになったでしょう。飛島家衰退の原因にもなるか」

「父の事故は新聞記事になったが扱いは小さい。殺人については報道されていない。そちらは祖父の道義、母さん、私に弟の登、健三さん夫妻の六人だけしか知らない」

「殺人事件なんだから、被疑者死亡でも警察の捜査は」

報道を押さえつけられるほど当時の飛島家は力があったのかと一瞬勘違いしかけたが、頼行がすぐに正してきた。

「警察には知らせていない。孝江さんの遺体は隠し、秘密裡に葬った。遺骨は飛島家の墓に収めてある。その上で表向き、孝江さんは横領して失踪したとした」

殺人ほどではないが、立派な犯罪だ。よくそんな工作ができたものだと椿はあきれるしかない。

「人ひとりが消えて、騒ぎにならなかったの？」

「孝江さんは当時二十七歳。高校生の時に両親を亡くし、他に親類縁者もなく、母さんが学費を出したり目をかけて、腹心に取り立てていた。彼女の身内と言えるのは飛島家の人間くらいだ。いなくなっても騒ぎたてる者はないし、失踪する理由があれば友人や仕事関係者からも追及されにくい」

「まさか殺されたとまでは勘繰らないか」

腹心による横領など不名誉な話で、飛島家がそんな都合の悪い嘘をつくとも周囲は考えなかったのかもしれない。ただもっと都合の悪い事実があったのだ。

「父の事故は隠せないが、こちらはある意味純粋な事故だ。夜中ひとりで車を走らせていたのは、仕事の関係で急に行く所ができた、と繕った」

「どうして事件の隠蔽を？」

「飛島家の事業や投資への打撃を避けるためだ。父は飛島家でそれなりに大きな役割を果たしていた。その人物が殺人犯と公になれば、飛島家の信用は一気に失われる。殺人の動機も外聞の悪い身勝手なものだった。母さんは同情を得られるだろうが、銀行や投資家がそれで金を出してくれるとは考えられない。家の今後を考え、祖父の道義が最終的に隠蔽を決めたんだ」

頼行は椿の視線が気になるのか、幾分背中を丸めて続けた。

「犯罪ではある。だが犯人の父が死んでいるのが大きかった。警察を呼んでも裁かれる者はなく、ただうちの信用が失われるだけ。私や登も理解できる損得勘定だ。反対しても意見が通るわけもなかったが」

父は二十歳で叔父は十八歳の時だ。決定権はなかったろう。そこは椿も責められない。

「隠蔽はうまくいったが結果的に母さんの精神的な打撃が大きく、飛鳥家は衰退した。とはいえ事件が表沙汰になっていれば変化が急過ぎ、資産をろくに残せず、借金まで抱えていたかもしれない」

「でも隠蔽したから龍子おばあさまはベールをかぶり続けることになった。横領の濡《ぬ》れ衣《ぎぬ》を着せて密《ひそ》かに葬った孝江さんへの罪悪感の大きさから。違う？」

隠蔽を正しいとする価値観を椿も咎《とが》めた。対して頼行は首を横に振る。

「母さんも隠蔽には賛成している。父が殺人犯として世間に責められるのは耐えられないと、積極的でもあった。母さんはそれでも父を大事に思っていたんだ。孝江さんにしても横領以上に母さんを裏切る行為をしていた」

頼行は孝江に対して複雑な感情があるのか、彼女を憎むとも憐れむとも取れる硬い声で答えた。

「じゃあなぜおばあさまは今もベールを？」

隠蔽や濡れ衣を着せた腹心への罪悪感でもなく、夫の喪に服するだけとも、こうなっては思えない。椿は頼行の告白を待った。

「父の葬儀も終え、隠蔽工作も終わった頃、ある疑惑が持ち上がったんだ」

やがて頼行がコーヒーカップに手を伸ばし、おもむろに言う。

「孝江さんが殺された現場に行ける道はひとつしかなかった。そして父が犯行可能な時間帯、その道を遠くからずっと見ていたという人物が現れた。その人物は、自分が見ている間、誰もそこを通らなかったと言った。車や自転車さえも」

椿はその意味するところをしばし理解しかねた。頼行がさらに噛《か》み砕いて言う。

「その殺人現場は父にとって入ることができない、いわば閉じられた場所だったんだ」

なら犯行は不可能だ。そこから導き出せる解と言えば。

「つまり、走太郎さんは犯人ではない？」

椿は指先に冷たいものを感じながらその解を述べたが、頼行は肯定をしなかった。

「そうとも言えない。その人物は該当の時間、自宅にいて窓から見える問題の道の景色を絵に描いていた。だからその道はずっと視界に入っていたと言う。けれど絵を描くのに気を取られ、道から目を離していた時間もあるだろう。トイレに立った時間もあったかもしれない」

確かに道の真ん中に立ってがんばっていたならまだしも、遠くから絵を描きつつ見ていただけなら、見張りとしての信頼性は欠ける。いくらでも隙がありそうだ。

「走太郎さんは絵を描いている人物に気づいて、その人物がよそ見をしていたり席を立ったりしている隙を見計らって道を通ったと？」

ならば不可能犯罪ではなくなるが、頼行はひとつ息を吐いた。

「その人物が家の中から絵を描いているのを外から気づくのは難しかった。その日急に思い立って描き出したというし、そもそも殺人現場に行く道からその人物がいた家まで何十メートルも離れている。道を通っている人間が、誰かがこちらを見ているとはとても気づけず、よそ見をしたり席を立ったりしているとうかがえもしなかった」

ならやはり不可能と決定されそうだが、頼行はこんな補足をした。

「それでも父は偶然その人物が道を見ていない隙に現場に行け、また偶然同じ隙に現場から立ち去れた、という解釈は成り立つ」

椿はつい引きつった笑いを漏らしてしまう。

「往復ともたまたま見張りがよそ見をしていたなんて偶然を信じろと？」

起こらないわけではないが、起こったと信じられるかどうかは次元が違う。頼行も自分で言いはしたが、心から信じているとは見受けられない。

「だが状況から犯人が父なのは間違いない。犯人でなければ夜中にひとり、車で逃げ出す必要もなかった。他に証拠も動機も揃っている」

頼行はあふれ出しそうな黒いものを押さえつけるごとく、忌々《いまいま》しげに続けた。

「ただどうやって父が殺人現場を往復できたか、説得力のある方法が見つからないだけだ。そのため、父が犯人ではないのではないか、という万にひとつの疑惑を否定しきれない」

椿は自分が直接関わったわけでもないが、ベールをかぶった龍子の姿を想起して、息苦しさに襲われる。

「事件を隠蔽していなければ警察の捜査によって、案外簡単に方法がわかったかもしれない？」

「実際は警察の捜査でもわからなかったかもしれない。ただもしかしたらという悔いはどうしても胸に浮かぶ」

「それに警察の捜査が入っていれば、別の真犯人がいたとわかったかもしれないわね」

「その可能性も億にひとつくらいはある。だが全てを隠蔽した後では取り返しがつかない。不都合な事実に目をつぶり、父が孝江さんを殺した後、自滅した、と納得するしかないんだ」

従属的な立場にいた頼行や他の関係者の罪悪感、取り返しのつかない行いへの思いはまだ小さいかもしれない。けれど率先して隠蔽に荷担し、また愛する夫の罪の有無を判断する可能性を潰した罪悪感、後悔はどれほどのものか。

「つまり龍子おばあさまは、それができなかった？」

椿にすれば、完全にできる人間の方がまともではない。頼行もできていないゆえに、龍子がベールをかぶるのをやめさせられないのだろう。

頼行は疲れた表情で言う。

「母さんは自分は途方もない間違いをしたのでは、という可能性の重さに耐えかねたんだろう。だから仕事に集中できず、父と孝江さんを悼み、償うようにベールをかぶった。それこそ現実から目を逸らし、この世界から隔《へだ》たった世界に逃げ込まないではいられなかったんだ」

龍子の正確な心の内はどうしたって外からはわからない。本人もベールをかぶらないではいられないだけで、言葉にはできないのかもしれない。それでも椿は共感できるとは思える。

「自分が犯したかもしれない罪の重さを想像して、世に顔向けできないと思っているのかもしれない。別に真犯人がいるのではと思えば、走太郎さんや孝江さんから責められる幻なんかも見ることがありそう」

椿は龍子が囚われているであろう世界に暗澹《あんたん》とし、コーヒーを飲み干した。

「ベールをかぶれば、その幻にも黒い紗がかかって少しはましになるのかもな」

頼行も同じイメージを持った過去があるのか、すぐにそう合わせた。

少しでも祖母をその世界から解放できないかと椿は訊く。

「いっそ別に真犯人がいるってはっきりした方がちゃんと償って弔《とむら》いもできて楽になれそうな気もするけれど、考えなかったの？」

「最初の五年くらいならそれも良かったかもしれない。だが当時はそんな風に考える余裕もなかった。関係者は事件について忘れようと努めていたんだ。母さんがベールをかぶるのも一時的なもの、じき復帰すると思っていた。そうしているうちに十年、二十年と過ぎた。それで五十年が経ってしまった。真犯人が特定できても、それほどの間、父を殺人犯と扱った罪の重さが今度ははっきりのしかかる。母さんがそれに耐えられると思えない」

頼行達も事件から目を逸らすのに必死だったろうし、全盛期の龍子の躍進、覇気を知っていれば、自分達の助けが必要と思えなかったのかもしれない。そしてこうなっては真犯人が判明しても救いにはならないのだ。

頼行がコーヒーを一口飲み、苦々しげに呟く。

「たった一点だ。殺人現場への道にただひとり見張りがいたという一点に、母さんの苦しみが起因している。この見張りが完全なら、またまるで信頼できないならよかったものを」

　完全なら走太郎が犯人でないと惑わず否定できる。すぐに償いや弔いへと切り替えられたかもしれない。まるで信頼できないなら走太郎が偶然見張りをすり抜けられたと考えやすくなり、走太郎が犯人だと割り切りやすくなる。だがどちらとも言えないのだ。だからどうすればいいか迷い、動けなくなる。

　そこで椿は健三の幽霊の頼みを思い出した。

「だから健三さんの幽霊は『走太郎様が巻田孝江を確かに殺せたと奥様に納得させられないでしょうか』って頼んできたのか」

　走太郎が確かに孝江を殺せたなら、問題はないのだ。

「ああ、信じられない偶然が起こらずとも父が孝江さんを殺せたと母さんに納得させられれば犯人は父で間違いなくなる。母さんの罪悪感もかなり解消されるだろう」

　頼行も同意を示したのに、椿は身を乗り出した。

「事件を忘れようとばかりして、その見張りをすり抜ける現実的な方法をこれまで真剣に考えなかったんじゃないの？　今からでも検証は可能でしょう」

　その方法とは推理小説で言うところのトリックと呼ばれるものだろう。椿は推理小説に詳しくはないが、密室トリックやアリバイトリックといったものがあるのは知っているし、このケースもそういった特別な手段で可能になるのではないか。

「椿、お前は肝心な点を忘れている。これは現実の事件だ、推理小説とは違う。考えても答えがあるとは限らない」

頼行が勢い込む椿にそう力ない微笑みを浮かべた。

「真実は信じられない偶然の重なりによって父がうまく孝江さんを殺せた、かもしれないんだぞ。なら望みの殺害方法なんて存在しない。検証しても答えは得られない」

指摘され、椿も詰まった。フィクションでは不可能状況で事件が起これば、あらかじめそれを可能にする説得力のある方法と犯人が用意されているものだろう。しかしこの現実は、説得力のない偶然で成立したのかもしれない。用意された望みの解決はない。

また頼行は時間の非情さを語る。

「それに事件の関係者のほとんどがこの世を去っている。殺害現場となった孝江さんの家も事件から一年と経たず取り壊され、飛島家の屋敷もすでにない。事件のあった村自体、今はもう廃村となって山に埋もれている。土砂崩れもあって村のあった場所にさえ行けなくなっているんだ」

椿は父がかつて村の大きな屋敷で暮らしていたというのも今回、初耳だった。村ごと事件の痕跡が消えているのだ。

頼行は白髪頭に手を置く。

「その上私の記憶ももはや当てにならない。当時の皆の顔や行動もあやふやで、屋敷の間取り、村の地理もうろ覚えだ。弟の登も同じだろう。確実そうな記憶でさえ自分に都合良く改竄《かいざん》しているかもしれない。仮に見張りをすり抜ける冴えた方法が実在していたとしても、今から検証するには必要な情報、手掛かりが失われ過ぎている」

時間が経っている上に忘れたい過去となれば、意識的に記憶から消していってもやむを得ない。さらに記憶は思い込みや勘違いで改変されてしまうものだ。殺人事件なのだ、忘れたくても忘れられない場面もあるだろうが、それさえどこまで信用できるか、頼行もあやしいのだろう。

警察の捜査が入っていれば参照できる資料や記録もあったろうが、それもない。龍子や頼行がそちらを選んだのだ。

「五十年だ。何もかも手遅れなんだよ。私だって母さんをベールをかぶったまま逝かせるなんて将来は心苦しい。だが事件については私の手に余る。すまないが健三さんの幽霊にはそう謝ってもらうしかない」

頼行もこれまでどうにかできないか頭を絞り、もはや諦観《ていかん》するしかないところまで考え抜いたのだろう。

椿は祖母のベールについて新たな事情を知れたが、胸の中のわだかまりはいっそう増えた気がする。落ち着かず、ポケットから煙草を取り出して一本くわえた。

これで健三の幽霊もあきらめて成仏してくれるといいが。もしあきらめず椿のもとに現れ続けるなら、椿もベールをかぶって幽霊がなるべく見えないようにするしかなくなるかもしれない。

ライターを出して火をつけようとしたところで頼行の声がかかった。

「うちの敷地《しきち》内は禁煙だ」

「堅いこと言わないで」

殺人の隠蔽に比べれば微罪だろうが、よく考えればそちらはとうに時効が成立している。椿は煙草はくわえたまま、ライターを元に戻した。


三月二十四日、土曜。この月、四度目の土曜日だった。飛鳥家でかつて殺人があったと椿が知ってから二週間ばかりが過ぎていた。そして椿は父の頼行とともに、とある公立公園を訪れていた。この日は朝から霧のような小雨《こさめ》がずっと降りしきり、その割に気温は高く、じっとりと服が重い。その公園内をコンビニエンスストアのレジ袋を持ちながら傘を差して頼行と並んで歩く。

公園は人工林に囲まれて広く、美術館や飲食店があり、ボートに乗れる大きな池も中心に設けられていた。天気が良ければ家族連れやペットを伴った老若男女が訪れ、遊び回れる広場もあって、ウォーキングにも向いていそうだ。

今日は天気が悪く、美術館といった施設の方には人がいるようだが、他の場所は静まりかえり、昼過ぎというのに誰かいる気配はない。椿達はそんな人の気配がない方へと歩いていた。

やがて焦《こ》げ茶《ちゃ》色の小さな四阿《あずまや》がひとつ見える。木製で丸みのない、個性を削《そ》ぎ落としたような造りをしており、建てられてから十年以上は経っているだろう。そこが指定された待ち合わせ場所だった。

椿は近づく四阿を前に思い出す。実家で頼行と話した後、独り暮らしのマンションに帰って煙草を取り出すと健三の幽霊が現れ、椿はその老人の霊に説明をして謝罪した。どんな反応をされるか少し怖かったものの、幽霊は、

「頼行様がそうおっしゃるのも当然でしょうねえ」

と物分かり良く肩を落とした。これで義理は果たしたと椿が煙草に火をつけようとすると、一転、健三の幽霊はこんな申し出をしてきたのである。

「ではおひいさまにお力添えを願うのはいかがでしょう?」

「おひいさま?」

聞き慣れない単語に椿は訊き返したが、健三の幽霊の申し出は常識からすると理解し難いものだった。

何でも幽霊や化け物といったいわゆる怪異なもの達には、困り事を持ち込めば解決して

くれる『おひいさま』と通称される存在がおり、その方ならこの難題にも解決を与えてくれるかもしれないと言うのだ。

健三を介してそのおひいさまに事情を話して遣り取りをするとどんな齟齬が生じるか知れず、椿達がおひいさまに直接会って事情を話し、求める情報を提供すればすぐ解決方法をもたらしてくださるに違いありません、とのことだった。

幽霊に話しかけられるだけでも非日常が過ぎるというのに、それ以上にわけのわからない存在に関わるのは今後の人生に差し障りがありそうだったが、そのおひいさまは一応人間として普通に暮らしてもいるのでそう怪しくもなく、幽霊の見えない頼行とも当たり前に会えるというのだ。

どうにも理解しかねるが、椿は返答を保留し、頼行に判断を投げた。頼行も理解しかねる反応をするも、一週間後、毒を食らわば皿までと覚悟を決めたのだろう、おひいさまの力を借りるのを了承した。

健三の幽霊が見えている椿ならまだしも、怪異なものの実在を視認できない頼行がよくこんな度外れた手段に乗ったものだと驚いたが、決断までに身の回りで怪奇現象が頻発したのだという。

風も地震もないのに物が倒れる、転がる、書類が浮かび上がる等々。健三の幽霊にはまだそんな物理的な怪奇現象を起こす力はないが、他の幽霊や化け物の協力でやったそうだ。これらによって頼行もこの世の外の力を信じざるを得ず、ならばと踏み切ったと。たとえ怪しい存在であっても、龍子を黒いベールの檻《おり》から解放できる見込みがあるなら、賭《か》けてもいいと腹をくくったのかもしれない。

椿からすると健三の幽霊の行為がエスカレートしかねず、申し出を受け入れるしかない面もあり、そのおひいさまが待ち合わせ場所として指定した四阿にやってくるしかなかったのである。

椿と頼行は傘を差したまま四阿のすぐそばに立った。四阿の中央には大きめのテーブルがひとつ置かれ、その四辺に木製の長椅子がそれぞれ据えられている。そして白いベレー帽をかぶった娘がひとり長椅子のひとつに腰掛け、目を閉じて眠っていた。かすかに胸が動いていなければ、人形かと見紛《みまが》う娘だった。

歳は十代半ばくらいだろうか。座っていても背丈の低さが見て取れ、まだ幼さが感じられるその容貌《ようぼう》は、百人のうち百人が可愛らしいと認めそうだ。ただそれにしては佇まいに貫禄《かんろく》があるというか、ある種の近寄り難い冷たさを感じさせ、子どもらしくはない。

椿は正直、戸惑った。頼行も同じ様子だった。おひいさまとはいったいどんな人物か、怪異なものと言葉をかわすというのだから恐ろしげで陰のある大人の女性を想像していたが、ある意味では正反対であった。それもすやすやと眠っている。

娘は上質そうな薄く白いコートをまとい、手入れが行き届いているのであろう艶のある髪をし、健康そうな肌をしている。もしかするとおひいさまはまだ来ておらず、無関係の娘が雨宿りに寄って眠り込んだだけでは、このままだと風邪を引かないか、と思った瞬間、娘はまぶたを上げ、椿達に大きな瞳を向けるとひとつ伸びをし、ベレー帽を取りながら立ち上がった。

「失礼、つい居眠りをしてしまいました。飛鳥頼行さんと椿さんですね。植村健三氏の頼みで参りました、岩永琴子と申します」

そう名乗って椿達に一礼する。寝起きとは思えない優雅さとはっきりした口調で、一連の動作はいかにも社交に慣れた良家の令嬢といった雰囲気だった。岩永は二人に座るよう促し、ベレー帽をかぶり直しながら自分も再び腰を下ろす。

椿は頼行と顔を見合わせ、ともかく傘を閉じて四阿の中に入って長椅子にそれぞれ座った。レジ袋はとりあえず長椅子に置く。対して岩永は雨の公園を示しつつ、

「もう一週間もすればこの辺りも桜が咲き出して賑《にぎ》わうそうですが、今日はまだ早いようです。だから人目を気にせず内密の話もできるのですが」

と二人に向かってそう微笑んでみせた。確かに下手に街のレストランの個室といった場所で会合すれば、誰が聞き耳を立てているかわからない。ここならば周囲に人がいるかいないか容易に見渡せる。この時、目に入る範囲には椿達以外誰もいない。この雨では通りかかる者すらいないだろう。

「きみはどういう立場の人間なんだ？　幽霊の頼みを引き受けるなど、にわかには信じられないのだが」

　頼行が岩永にそう警戒を表してみせた。岩永は柔らかい仕草でひとつ肯く。

「霊などと会話ができる能力があって、成り行きでその相談に乗っている人の好《よ》い娘と思っていただければけっこうです。ただ私も社会的には幽霊や化け物なんて存在しないと主張していますから、私の能力についてはここだけの話にしてください。霊能力者とでも人に思われると、除霊してくれとか先祖の霊と話させてくれとか持ち込まれて大変迷惑します。これでもそれなりに名の通った家のひとり娘でして、公にされると父母にも迷惑がかかりますから」

　岩永は笑いながらも迷惑は困ると手を広げてみせた。

「ですからお二人は私の弱味を握ったことになります。よって私がここで聞いた飛島家の醜聞について口外する心配はありません」

　すでに時効といえ、走太郎の殺人や事件の隠蔽が表沙汰になるのは飛島家としても迷惑であり、良家の子女も妙な噂が立つのは避けたい。双方弱味を握っていれば、互いの口止めとなる。お互い話しやすくする配慮らしい。

　ただしこの娘が本当に良家の身かはここで証明しようがない。椿は懸念するも、頼行が急に何か心当たりが浮かんだのか目を見開き、岩永を凝視した。

「イワナガ、と言えば大きくはないが堅実で信用の高い古い名家の企業がある。そこのお嬢さんの噂も聞いた。確か幼い頃」

「では本人確認は簡単でしょう。私の右眼と左足に触ってみますか?」

岩永は頼行の言葉を遮り、右の黒眼を指で叩いてみせた。普通ならまぶたを上げていられないどころではない反応をしそうなものを、彼女は平然としていた。義眼だ。椿はあっけにとられたが、頼行は知っていたのかただ唸り、警戒感をいくらか和らげた目になった。

「触るには及ばない、こちらも失礼した。きみに守るべき家があるとわかれば、意味のある弱味と了解できる」

なぜ義眼であれば本人確認となるのか、左足に何があるのか、そもそもなぜ岩永は義眼なのか、椿は疑問がいくつも頭を巡ったが、ただならぬ理由がありそうで、訊くのは躊躇《ためら》われた。そうしているうちに岩永が話を進める。

「信用いただけたなら幸いです。また公正を期すためにあらかじめ言っておきます。植村健三さんの霊はすでに成仏されました。お二人が私に会うことで問題が解決されると確信し、心残りが消えたのでしょう。亡くなって十五年も世に留まっていたのですから、私は望ましく思います」

椿は幽霊についてよくは知らないが、この世に留まるのは正常ではなさそうな状態なので、それが解消されるのは良いと同意できた。

　岩永は笑みをたたえて続ける。

「ですから何もしないでこのまま会合を解散しても再び健三さんの幽霊がお二人を煩わせはしません。五十年前の旧悪を語る面倒も避けられますよ」

　外見に似合わず可愛らしくない誘惑だった。なるほど、だったらお互い損はなさそうだが、椿は心情的に受けつけない。頼行も不快げに却下を示した。

「それは死者に対して不誠実だろう」

「結果のいかんにかかわらず、霊は満足したのですから私は役目を果たしました。まあ、こういうことをやり過ぎると他の幽霊から信用をなくすのでこうしてお二人とお会いしていますが。一方で特に非のない生者が死者の脅迫によって著《いちじる》しく不利益を被《こうむ》るのに荷担するのも誠実とは言えないんじゃあないですか?」

　そう述べる岩永はひどく冷淡に椿には映る。言葉を発するたびにその可愛らしさは別物に変容していた。

　頼行はしばし唇を結び、やがて背筋を伸ばし直して答える。

「健三さんの幽霊によって娘も私もそれなりに不利益を受けたのは認めよう。過去の罪を語る危険性もある。だが母の龍子をベールの檻から解放する望みがあるなら、私にとってその不利益は些細《ささい》な負担だ」

「私も今さら、健三さんとの約束を破る後ろめたさを背負いたくない」

椿もそう意見を表明する。ここまできたら撤退する方が不利益な気がした。

「こんな駆け引きをするとは、父の走太郎が見張りをすり抜ける方法を見つける成算がないのか？　あまりに過去の事件で、記録も記憶もどれも頼りない。怖《お》じ気《け》づくのもやむを得ないが」

頼行がそう眉を寄せた。椿も頼行も断念したのだ、いくら健三の幽霊が頼りにしたからといって、この奇異な雰囲気の娘にあっさり解決できると言われても腹立たしさはある。

ところが岩永は、別の角度からあっさりと言った。

「逆です。お二人は勘違いされています。私に求められているのは飛島龍子さんをベールから解放することであって、飛島走太郎さんが実際に使った殺害方法を見つけることじゃありません」

テーブルの上で岩永は指を組んだ。小さく、細い指だった。

「要は龍子さんが、それで走太郎さんが見張りのある現場を往復できた、と納得できる方法さえ提示できればいいのでしょう？　ならその方法は、現実と辻褄さえ合っていればまったくの嘘でもかまいません。それを否定する証拠や記憶が出てくれれば問題ですが、事件は五十年前です。おっしゃる通り多くの証拠は失われ、記録も記憶も心許《こころもと》ない。出てくる可能性は低いでしょう。さらに改竄さえ可能です。ならより条件にかなった嘘の解決も作りやすくなっています。たとえこちらがその嘘を否定する証拠を持っていても、龍子さんさえそれを知らねば証拠はないも同じ、その嘘を使えます」

椿達は答えがあると思えないから断念したが、岩永は答えがないなら好きに作ってしまえばいいと主張しているのだ。

「なんて不誠実な」

つい椿は声を上げたが、頼行は目から鱗《うろこ》が落ちたごとく膝《ひざ》を打った。

「いや、現実的対処法だろう。そもそも真実が、偶然往復できた、なんてものかもしれないんだ。なら解決は創作するしかない。証拠も記憶もあやふやなら、創作もしやすい。道理だ」

「道理だけど、嘘なんて何か問題あるから」

椿は父を抑えにかかった。嘘も方便とのことわざはあるが、事件の隠蔽という嘘を重ねてきたから今日のこの時になったはずだ。どこか無理が出るに決まっている。

すると岩永自らその問題点を挙げてみせた。

「嘘の解決で龍子さんの心は晴れても、お二人にとって事件は未解決のままです。お二人にわだかまりは残るでしょう。龍子さんが亡くなるまで嘘をつき通す負担もあります」

頼行は苦笑を浮かべた。

「若い頃ならまだしも、皆が満足する答えに執着するほど強欲ではない。ベールをかぶった母を見続ける負担に比べれば嘘をつき通す方が楽だ。少なくとも母が救われるなら、嘘の解決でも構わない」

この五十年、頼行はいくつものわだかまりを抱えてきただろう。真実にこだわっても変化がないなら、嘘を求めても損はない。よく考えれば椿だってそうだ。渋々ながら譲歩するしかなかった。

「このままやめても、結局私が事件についてわだかまりを抱えるのは同じか。嘘をつき続けるストレスくらい、煙草の本数を少し増やせば消えるだろうし」

さっそく椿は煙草を取り出して口にくわえ、ライターを近づけると、頼行に止められた。

「椿、園内は所定の場所以外禁煙だ」

この四阿が所定の場所でないのは椿も察せられた。雨も降って何もかも湿っているから火事の心配もなく、煙も大して広がらないから大目に見てくれないかと思いつつ煙草をしまっていると、岩永が微笑む。

「悲観したものでもありませんよ。事件について詳しく聞いてみれば、犯人が特別な方法で実際に見張りをすり抜けたとわかるかもしれません。そちらの方が楽でもありますから、私も最初からでっち上げを狙ったりしません」

「そうだな。わかっている事実に合うよう嘘を用意するのも面倒な作業になるだろう」

嘘だから楽ができると責めるのは違うと、頼行はあらためて認めてみせた。椿もその理屈は呑み込めるが、すっきりとはしなかった。

岩永が悠然と求める。

「では頼行さん、五十年前の殺人の経緯をお話しくださいますか。今となってはあなたしか語れないことも多いでしょう。健三さんは事件について部分的にしか知らず、飛島家を悪く言うのも避けられました。それに巻田孝江さんの遺体を発見したのはあなたとも聞いています」

「ああ。大部分が記憶頼りになるが、事実に即して話すように努めるよ」

いつの間にか、怪しいつながりで怪しい姿をした年齢も不詳の娘を信頼して話す流れになっている。怪しいながら、彼女は公正で現実的で、どこか非情さも備えていた。頼行がすっかり岩永に主導権を渡している。

椿も事件について詳細を聞かされていない。あらかじめ買っておいたペットボトルの温かいお茶をレジ袋から出して頼行の前に置き、殺人にまで至る飛島家の過去に耳を傾けた。

かつて飛島家の屋敷はH村という、さして特色のない田舎《いなか》の村にあった。中心都市への交通の便は良いと言えず、主要な産業は農業で、戦後の経済成長の流れから遅れてきていた山間にある村だった。

政財界に大きな影響力を持ちだしていた飛島家が屋敷を構えるにはそぐわない村であったが、元は飛島龍子の父、道義の生まれ故郷であった。道義の村での暮らしは貧しく、富裕な者から馬鹿にされ、暗い青春を送ったという。道義は両親の死とともに村を飛び出し、そこから犯罪まがいの手段で金を貯《た》め、紆余曲折《うよきょくせつ》ありながら娘の龍子のおかげでついに大きな財を成した。そして自身を手ひどく扱った者達を見返そうとばかり、故郷に村で一番の屋敷を建てたのだそうだ。

また道義が屋敷を構えた頃は、国内の産業構造の変化や不作が重なり、村は経済的に悪化の一途を辿っていた。状況を改善しようにも何かをやれる元手が不足し、身動きもままならないといった有様だった。そこに道義は惜しみなく資金を提供し、村の道路、水路を整備し、農業を改革し、医療の面でも診療所を充実させ、進学を希望しながら経済的に困難な者には返済を求めない奨学金を出すまでした。それらの効果は目覚ましく、村は数年で立て直され、活況を呈していった。

道義はこうして実質的に村を救った立役者となり、住民から讃えられ、かつての暗い青春の思い出を払拭し、馬鹿にした者達を見返したのである。

「故郷に錦《にしき》を飾る、と言うよりは、成金《なりきん》の意趣返しに自己顕示欲の発露といった印象ですね」

飛鳥家の事業の上で利便性のなさそうな村に屋敷があった事情を聞かされた岩永はばっさりとそう片付けた。椿も同じ感想を抱いたが、言葉にしない慎みはある。対して頼行は気を悪くした様子もなく笑って応じた。

「そうだな。飛鳥家は当時大きな力がありはしたが、その力はほぼ母のもので、恐れられ、敬《うやま》われていたのも母個人だ。祖父は飛鳥龍子の父親として敬意は払われたが、実質的には軽く見られていた。その不満を埋めるのに、自分が一角《ひとかど》の人物として讃えられる場所を得ようと、故郷の村に立派な屋敷を建て、金をばらまいたんだろう。ただ祖父も村にいた時に自分によくしてくれた人達には特に厚く報いてもいるから、悪い人ではないんだが。祖父に素直に感謝し、讃えていた村の人も多かったんだ」

そして頼行はこう付け足した。

「ただ村の人の目も節穴ではない。祖父の力の源が母にあるのを皆、知っていたし、母の方がより尊敬され、讃えられてはいた。母は村を散策するのが好きだったが、その母を見かけた村の人の多くが頭を下げて見送ったものだ」

村に屋敷を構えたと言っても、山間部の田舎ではいくつもの事業に目配りし、人と物の流れを読み、といった仕事を回す上ではやはり不便であり、飛鳥家は都市部に別に家を持ってもいた。特に龍子と夫の走太郎は主にそこを拠点として仕事をし、時折屋敷の方に帰る、といった生活だったそうだ。

とはいえ仕事で全国を回り、ホテルや仕事先で連泊するのも珍しくなく、その別宅もあまり使っていなかったというから、都会の喧噪《けんそう》から離れた村の広い屋敷に月に何度か帰るのは、心身の保養に適した生活形式だったかもしれない。

頼行と登の二人の息子はその屋敷で暮らし、地元の学校に通っていた。両親は屋敷にあまりいないが植村健三と節《せつ》の夫妻が主に身の回りの世話をしてくれ、経済的には飛び抜けて恵まれ、飛鳥家の子が村で無下に扱われるわけもなく、広々と遊べる環境でもあって、暮らしやすかったという。

恵まれ過ぎているゆえに、ひとつ間違えば頼行と登は家の権勢に増長した手のつけられない子どもになりかねなかったが、そこは龍子が要所要所で息子達に厳しくし、また家庭教師を雇って学校以外の勉強もさせるなど、甘やかされてはいなかったそうだ。

「母は『私の代わりができるくらいの男になりなさい』が口癖《くちぐせ》だった。だから親の力で周囲からもてはやされ、わがまま放題をやるなんて恥ずかしい真似はできなかった」

頼行がそこに後ろ暗い点はないといった顔つきで言ったのに、岩永がまた不必要な相槌を打つ。

「自分の父親が娘に頼りっぱなしなのに思う所があったのでしょうね」

椿は岩永をたしなめるべきか迷ったが、頼行も同じ所感があったらしい。岩永を龍子の理解者と認めたのか、鷹揚に肯いてみせる。

「結局私も登もさしたる男にはなれなかったがな。父の走太郎でさえ、母は夫としてはともかく、仕事を任せるには物足りなく思っていたのではないかな。そもそも母の代わりを務められる人間を期待するのが間違いだった気もするが」

雨はやむ気配がなく、かといって強まる様子もなく、静かに降っている。

岩永が目を細めた。

「飛島家は村で権勢を誇ってはいても、それを笠《かさ》に着て横暴な振る舞いはしていなかったと。では村の人はほとんど飛島家の味方で、深い恨みを買ったりはしなかった？」

「腹の内はわからないが、ほとんどがうちに協力的ではあったよ。だが他人が力を持っているというだけで気に食わない者もいる。特に祖父を昔馬鹿にしていた家の者は、立場が逆転して面白くはなかったろう。あからさまにうちを避けてはいたし、裏では悪い噂も広めていたようだ。汚い手段で金を稼いでいる、暴力団とつながっている、ひどいのになると母が美人だから、実は政財界の大物の愛人になってそのおこぼれに与《あずか》っているだけ、なんて噂まで耳にした。子どもの耳には入らないよう周囲が気遣っていてさえ、聞こえてきたんだ」

女性の社会進出などまだまだの時代だ、成金の上に美人で仕事のできる女性となれば反感も大きかったに違いない。

「他にも孝江さんについても悪意のある噂を立てられた。母は孝江さんの頭の良さを評価し、学費を援助し、自分の腹心、後継とまで考えて取り立てていたんだが、なまじ孝江さんも母と同じに容姿に恵まれていたから、実は母は同性愛者で、孝江さんはその相手じゃないかとかな。だから孝江さんは大した能力もないのに飛島家から厚遇されている、女のくせにそんな仕事ができるわけがない、実際に孝江さんの仕事ぶりを知らないのにそう言い立てていた」

「おばあさまも大物の愛人をしたり女性を囲ったり、忙しい話ね」

椿は噂の程度の低さにあきれた。別に愛人でも同性愛でも個人の自由だが、昔の田舎の場合、それを持ち出して、龍子や孝江が自分の努力や能力によらず不当に成果を得ているように思わせるのが一番の悪意だろう。

「まったくだな。孝江さんはもともと村に住んでいた目立たない娘だったのが、母に重用され、身形から何からすっかり洗練され、村内でも飛び抜けた立場になったので、やっかみも強く、敬遠もされがちだったんだ。それで昔からの友人とも疎遠になり、当時、村で孝江さんと親しく付き合っていたのは飛島家の者くらいだったろうな」

頼行は五十年経ってもそこは許し難いといった調子で続けた。

「さらに孝江さんは二十七歳になっても未婚で、仕事の関係先から降るように縁談を持ち込まれていたがどれも断っていた。いっそうその噂が信憑性を増したんだ」

「五十年前にその年齢で未婚だと、それだけでもあれこれ勘繰られそうですね」

岩永が半世紀前の社会事情に通じているみたいに言うが、どこまでわかっているのか。同じく二十七歳で未婚で恋人もいない椿は誰からも勘繰られず過ごせており、そこまで周囲の干渉が強い時代があったのは実感できない。

頼行がそんな娘の内心を読んだものか、ため息をついて続ける。

「私は当時噂を信じてはいなかったが、疑問には思っていたよ。その理由は後で明らかになった」

「事件に関わる理由ですか？」

「ああ、大きくな」

岩永の問いかけに頼行は静かに認め、あらためて彼女に相対した。

「前置きはここまでだ。事件の日の話をしようか。あれは十月最初の日曜日だった。私は二十歳の大学生ですでに家を出ていたが、この日は屋敷に帰っていた。十八歳だった弟の登の進学先が決まり、今後兄弟でどう飛島家の仕事に関わっていくか、そろそろ本格的に話し合うべきとなり、呼ばれていたんだ。当然母も父も祖父も屋敷に帰っていた。祖父は七十歳を過ぎて屋敷にいる日も多くなり、資産をどう遺すかの話し合いの必要も言われていた」

椿も近づく事件の発生に緊張を覚え、テーブルに肘《ひじ》をつく。

「この日、屋敷にいたのは八人。母の龍子、父の走太郎、祖父の道義、私に弟、屋敷に住み込みで働いていた健三さんと奥さんの節さん、それに巻田孝江さんだ」

「飛島家の人間ではないのに、孝江さんも屋敷にいたんですか？」

岩永が一応確認までに、という風に口を挟んだ。

「孝江さんは母の腹心だ。飛島家の今後に大きく関わらせる気だったから、いない方がおかしい。私や登も子どもの頃から親しくしていて、家族同然、歳の離れた姉のような存在だった。母が屋敷に帰る時は大抵一緒だったよ。それだけ能力が高く、信用されていた人だった」

そんな女性をなぜ頼行の父が殺したのか、椿はまだ見当がつかない。

「ただ孝江さんが屋敷に泊まることはほとんどなかったよ。村には彼女の生家がまだあったからそちらに帰っていた。ずっと一緒だと気詰まりだろうし、たとえ両親がおらず、訪ねてくる者がいなくとも、生まれ育った家で過ごすのは精神的にも落ち着いたんだろう。村の奥にある平屋の一軒家で、庭もあって独りで暮らすには広い家だったがな。普段は母と同じく都市部に別の家を借りて、そこを仕事の拠点にして暮らしていた。そちらはほとんど荷物を置いて眠るだけの場所と言っていたな。孝江さんが留守の時はうちの屋敷と同じく健三さん夫妻が村の家を管理していたよ」

龍子について動き回っていたなら自然、孝江はそんな生活になっただろう。

「ともかく孝江さんもまじえてその日、飛島家では家族会議が行われた。午前中は久しぶりに皆が顔を揃えたからと近況報告に終始したと思う。それで昼食後、本格的に今後の話に入ろうとしたのだが、最初に孝江さんが予想外の発言をした」

頼行は思い出すだけで嫌な感情も甦《よみがえ》るのか、少し頬を歪《ゆが》めた。

「お腹に子どもができ、最近つわりも始まったので、しばらく仕事を減らしてもらえないか、と」

その家族会議から五十年後の椿が聞いても予想外だった。またその後彼女がどうなり、頼行がどう関わったのかを知っているだけに、とても安易な感想を口にできなかった。

岩永はまさに他人事だからか、ここではどうでもいいだろう意見を言ってのける。

「つわりが始まったばかりなら妊娠三ヵ月くらいですか」

「お腹はまるで目立たなかったから、それくらいかな。彼女はこの数時間後には殺され、今でもわからない。当然父親は誰かを皆、問い質したが孝江さんはそこは答えず、ひとりでも産むつもりであると宣言し、迷惑をかけて申し訳ないと頭を下げた」

頼行はそれからの流れを淡々と語る。

孝江は言いたいことを言うと体調が優れないのでいったん家に帰ります、と屋敷から出たそうだ。追及を避けるためもあったろうが、自分がいない方が今後の話が進むと考えたのだろうと頼行は見解を述べた。

残された飛島家の者のほとんどは狼狽《うろた》えを見せていたが、龍子だけは、『うちが手を貸せば働きながら子育てもできるでしょう。孝江さんがお腹の子の父親にどうしてほしいかを聞いた上で、その男にはしかるべく責任を取ってもらいましょう』と現実に即した判断をすぐにしたそうだ。

道義は世間体をどうこう言いはしたが、龍子は、『私がこうしているのを悪く言う世間もあるでしょう』と片付け、今後孝江が動けないとなって生じる仕事上の変更について話題を移したという。

そうして休憩を入れつつ午後五時を過ぎた頃、いい加減孝江を交えてこれからの話をしなければいけないとなり、彼女の家に電話を入れたが応答がない。もしかするとつわりで寝込んでいるのかもしれないと、様子を見に行くことになった。そこで走太郎と頼行が車で孝江の家に向かった。

「孝江さんの家は飛島屋敷から遠かったんですか?」

岩永が頼行の語りの途中、そう質問を加えた。

「徒歩で十分もかからない。ただその頃にはこんな風に雨が降り出していた。自転車や徒歩で行くのはためらわれたし、孝江さんが屋敷に来られるとなっても妊婦を雨の中歩かせるわけにもいかない。だから父が、自分が車で行こうと言ったんだったかな。母が促したのかもしれない。当時運転免許を持っているのは祖父と父だけだった」

「ではなぜ走太郎さんと頼行さんで行くことに？　走太郎さんひとりでも用は足ります
し、つわりで苦しむ女性を気遣うなら同性の経験者が行った方がいいのでは？」

岩永はさらに問う。椿はまるで引っ掛からなかったが、言われてみればそぐわない組み合わせだ。

「そうね、龍子おばあさまか住み込みで働いていた節さんが一緒に行くべきね」

椿も頼行に視線を向ける。頼行は実の娘の勘の悪さを残念がる風に椿を見た後、岩永に対して答えた。

「最初は父がひとりで行こうとしたが、祖父が私も付いていけと指示した。その時は何も思わず言われるままに動いたな。父も同様だったろう。一応、家の中心である母が部下を呼びに行く役目をするのもおかしく、節さんは夕食の準備をしていた。弟の登を指名しなかったのは、損な役回りは長男が受けるべきと考えたのかもしれない」

「きっと道義さんは、走太郎さんと孝江さんをここで二人きりにして余計な打ち合わせをさせまいと先手を打ったんでしょうね」

岩永がそう肩をすくめたが、椿にはいくつか情報が不足している気がした。

「どういうこと？」

頼行が変わらず残念そうな目で説明してくれる。

「つまり孝江さんの相手の男は父の走太郎で、祖父の道義はこの時点で二人の関係を知っていたんだ。だから母さんと孝江さんをなるべく離しておこうとし、家族以外の節さんにも二人の関係に気づかれかねない機会を持たせたくなかったんだろう」

椿は誤解があると慌てて訂正を行う。

「お腹の子の父親が走太郎さんとは気づいてたから。それが殺人の動機につながるだろうって」

ただ道義が関係に気づいていたとまでは思い至らなかった。

頼行は椿の釈明を一顧だにせず、ペットボトルのお茶を一口飲む。

「そして孝江さんの家に行った私と父は、彼女の遺体を発見した。祖父の心配は無意味だったわけだ」

孝江の家に頼行はそれまで何度も訪れており、親しい間柄でもあったので閉まっていた戸を半分ほど開け、中に呼びかけた。当然、戸に錠はかかっていなかった。何度呼びかけても返事はなく、部屋で倒れている可能性も考え、走太郎とともに中に上がった。

ほどなく、奥の方の部屋で孝江が倒れているのを頼行が発見した。そばに血が付着した、台座が大理石の置き時計が落ちており、孝江の頭から額にかけて流れたらしい血が乾いて固まっていたのが鮮明に記憶に残っているという。カーテンのかかった薄暗い部屋の中、血の付いた置き時計が壊れもせず、秒針が動いていたのが目に焼き付いているとか。孝江に触れずとも死んでいるとわかり、おそるおそる手だけ伸ばして触れると体は冷たく、やはり死んでいた。

部屋にあったタンスの引き出しがいくつも開けられ、中を物色されたようになっており、留守と思って忍び込んだ空き巣が孝江に遭遇して揉み合いになり、手近にあった置き時計をつかんで彼女を撲殺した、といった状況に見えた。

頼行も走太郎も遺体を前に慌てふためき、とりあえず走太郎が孝江の家の電話を取り、飛鳥家に連絡を入れてそちらの指示を仰いだのだそうだ。指示を仰がず警察に連絡するのが普通だったかもしれないが、不測の事態には上に判断を求めるもの、走太郎の行動は当然と頼行も考えた。電話に出たのは道義で、状況を聞いた後、しばし言葉を失ったようにし、やがて遺体をそのままにし、家は残らず戸締まりして一度屋敷に戻れと命じたらしい。頼行は後からそういう遣り取りがあったと聞いた。

命じられた通りにして頼行達は屋敷に戻り、健三夫妻を除いた飛鳥家の五人で対応を考えることになった。頼行は対応も何もまずは警察に連絡をと思い、龍子も青ざめた顔でそう主張したが、道義が走太郎をねめつけ、こう言ったそうだ。『お前が孝江さんを殺したんじゃないのか』と。

「祖父は一年ほど前から父と孝江さんの関係に気づいていたらしい。ただ祖父は男が愛人のひとりくらい作るのは甲斐性《かいしょう》の範囲で、孝江さんが他の男と結婚して飛島家から離れたりするよりは、こうして身内で取り込んだ方が有益と見逃していたそうだ」

頼行は祖父の判断を理解しかねるとばかりに語った。椿も実の父に賛成である。

「それでも母さんに気づかれるのと、子どもを作るのだけは許す気はなかったと祖父は言っていた。母さんは父と恋愛結婚で、愛人を許容するかわからない。母さんの逆鱗《げきりん》に触れそうな真似は祖父も認め難く、その危険があればすぐ別れさせるつもりだったそうだ。子どもにしても、将来相続で揉めるのは火を見るより明らかで、入婿《いりむこ》の父の愛人の子というのはいかにも扱いが厄介になる。孝江さんが飛島家で変に発言権を持とうとする恐れもあった」

頼行は岩永に淀みなく過去を語っていく。

「父は祖父に追及され、三年前から孝江さんと関係があったのを認め、お腹の子の父親であるのも認めた。父もお腹の子が問題になるとわかっていて、堕《お》ろすよう孝江さんに求めていたそうだ。子どもを産めば孝江さんがどんな権利を主張するか知れず、そこで彼女との関係をばらされたら父も飛島家からどんな扱いを受けるかわからない。下手をすれば家から放り出される危険性もある。けれど孝江さんは飛島家の集まりで懐胎と出産の意志を明らかにした。父としては脅された気分だったそうだ」

椿はたまらず、自身の祖父に当たる走太郎の愚かさを指摘しないではいられなかった。

「そうなるとわかりそうなのに、近くの女性に手を出す？」

「五十年前だ。時代が違うとも言えるし、遊びの範囲の浮気なら母さんも大目に見てくれると最初は踏んでいたのかもしれない。それが深みにはまって引き返せなくなった。孝江さんが誰とも結婚しなかったのは、父と関係があったからだったわけだ」

同じ男としてか、重ねた人生の違いか、頼行は自分はやらないがやる心情の存在は信じられるらしい。

「孝江さんがどういう気持ちだったかは不明だ。単純に父を好きだったのかもしれないし、父を踏み台にのし上がろうと考えていたのかもしれない。孝江さんなりに何かを得ようと懸命ではあったんだろう」

いくら龍子に目をかけられているからといって、このままでは便利な駒《こま》として使い潰されかねない。弱い立場ゆえに、龍子に援助された恩を感じていても、そんな危機感に襲われた瞬間はありそうだ。だから飛島家により食い込み、利用できるものは利用しようとしたのかもしれない。

岩永が冷ややかに論評する。

「走太郎さんにすればどうあれ脅威でしょうね。そこで孝江さんとの関係はまだ誰にも知られていないと思い、今のうちに片付けようとした、という動機は真実味があります」

未成年とも映るこの娘は色と欲の絡んだ現実の殺人の話に少しも動じていない。その幼さのある顔でこれまでどんな経験をしてきたのか、椿は気にかかった。

頼行がわずかであるが実父の擁護に回る。

「最初は孝江さんを説得しようとしていたが口論が激化し、その勢いでつい撲《なぐ》り殺しただけかもしれない。そこで現場を空き巣の犯行に偽装して逃走しているのだから、たとえ殺意がなくても罪は重いが」

やや口が重くなりかけるも、頼行は続けた。

「その偽装も虚《むな》しく、祖父は二人の関係を知っていて、真っ先に父を疑ったわけだ。祖父にすれば父が犯人なら飛島家にとって大きな醜聞になる。この時点で殺人の隠蔽も考えていたろう」

当然、走太郎は殺人を認めなかったそうだ。そこまで認めれば身の破滅が決定してしまう。やがて青い顔をしていた龍子が道義と走太郎の言い合いに割って入り、『証拠もなしに頭ごなしに犯人扱いはやめてください、腹立たしくはありますが、私は走太郎さんが大事です。少し落ち着きましょう。警察への連絡はそれからでも遅くはありません』といった内容を毅然《きぜん》と述べ、話を打ち切らせたのだそうだ。

頼行によれば、龍子も警察への連絡を遅らせたことで隠蔽の考えを早くに持っていたのでは、と後に思ったらしい。ともかくこの時には午後七時を過ぎていたが夕食どころではなく、それぞれ部屋に戻ったという。

一時間ほど後、走太郎が車で屋敷を出たのを健三が見かけ、この時間になぜかと思いつつ、皆、夕食もとらずにどうしたのだろうといった疑問もあったので、しばらくしてからおそれながらと道義に尋ねた。そこで道義はようやく走太郎の逃亡に気づいた。駐車場が屋敷の居住スペースから離れていたのでエンジン音を聞き逃してもおかしくなかったのが災《わざわ》いしたとも言えるし、走太郎はまだ疑われている段階でしかなかったので、ここで逃げると誰も思っていなかったのだろう。

屋敷には道義の車がまだ一台あったが追いかけるには遅く、無人の走太郎の部屋に入って調べると、目立たないがわずかに血の付いた上着が見つかり、孝江を撲殺した時に付着したものと見られた。孝江の遺体を発見した時、頼行は遺体に触れはしたが、走太郎は血が付くほど遺体には近づいていなかったので、逃亡と合わせ、走太郎の殺人容疑は固まった。

「それから二時間ほど後に父の乗った車が事故を起こしたとの連絡が入った。県境の峠道の下りのカーブを曲がり損ねたのかガードレールを突き破り、十メートル以上の崖をそのまま落下したとな。父は即死で、免許証と車のナンバーからすぐに身許《みもと》はわかり、飛鳥家については周辺の警察も知っていたから連絡は比較的早くに来たようだ。夜ともあって事故の発生にすぐ気づいても、現場に近づいて捜索するのに時間がかかったらしい」

頼行はここにきて感情を排した調子になった。

走太郎の事故死の連絡を受けると道義は殺人の隠蔽を決定し、龍子もそれに同意した。道義は飛島家の損害を避けるためを、龍子は走太郎の名誉を守るためを最初に言ったという。頼行と登も反対はできず、こうなると隠し切るのが難しいと健三夫妻にも事情を説明したが、龍子に忠実な健三夫妻にも反対はなかった。

龍子が走太郎の事故の処理のために警察にひとり出向き、その間に道義が中心になって孝江の遺体をその家から屋敷に運びだして隠した。一連の飛島家の行動が村の者に不審に思われても、この夜、孝江の横領と彼女の失踪が発覚し、それに関する手掛かりを求めて孝江の家の捜索などを行っていた、と説明する手筈《てはず》だった。走太郎が屋敷をひとり車で出たのも、横領の対処に関連してという建前だ。頼行と登も孝江の遺体の運搬と隠蔽を手伝っている。

「手間はかかったが、事件はほぼ完全に隠蔽できた。祖父と母が裏から手を回しはしたのだろうが、父の事故死は簡単な調べで片付き、孝江さんが消えたのも驚かれはしたが、疑いは招かなかった。彼女が横領して失踪した、という作り話が信じられたんだ。飛島家に反感を持つ者にとっては面白がれる出来事であり、好意的な者は被害者である飛島家の発信をそもそも疑わない。女性で重用されていた孝江さんへの反感は当時の男社会では大きく、彼女を貶める情報は信じられやすくもあった」

椿は聞きながら、頼行が孝江を語る際、妙に憎み切れていないところを感じた。龍子を裏切り、走太郎の破滅に関与し、飛島家の衰退のきっかけを作ったとも言える彼女を頼行はもっと憎悪に満ちて語ってもいいのに、どこか同情が滲んでいる。美人で子どもの頃から親しくし、その家に何度も訪れていたというから、若い頃は孝江に恋愛感情に類するものを持ったのかもしれない。だからこうなっても親愛の情を消しきれないのだろうか。

岩永はそんな頼行を慮《おもんぱか》るところもなく質問を投げる。

「それらの工作は龍子さんが主導したんですか？」

「無論、差配は母がしていたよ。さすがに抜かりなかった。疲れは見えたが父と孝江さんを失っても精彩を欠かず、この時には母が後に黒いベールをかぶり、表舞台から去る事態になろうとは思いもしなかった。後から振り返れば兆候がなかったわけじゃないが」

頼行の表情に憂《うれ》いが落ちる。岩永がそこで淀まれては困るとばかり、先を促した。

「追い討ちとなったのが、走太郎さんに犯行可能な時間帯、孝江さんの家に行ける唯一の道を見ていた人物の登場ですか？」

「ああ、健三さんの幽霊から聞いているか。その人物は登の友人の父親だ。葬儀も終え、村も落ち着きを取り戻した頃だ。登が友人の家でどういう成り行きかその父親に最近絵に興味を持っていると自慢され、その流れで事件の日、午後二時半から午後四時半くらいまでずっと問題の道のある景色の絵を描いていたという話題が出たそうだ。登は気になったので、その間に誰かその道を通らなかったかを尋ねた。その人物は誰も、何も通らなかったと答えた」

その友人の父親に一切他意はなかったろうが、椿の叔父に当たる登はさぞその人物を恨んだろう。

「事件後、私達は父がいつ頃孝江さんを殺害したか話し合っていた。事件を隠蔽したせいで、孝江さんの死亡時刻もわからない。不明なままにして後々何か矛盾が出てもいけないと、割り出せる点は割り出そうとしたんだ。その結果、孝江さんが屋敷を出てから午後三時過ぎまで、父を含め飛島家の者と健三さん夫妻はずっと飛島家におり、孝江さんの処遇などについて集まって話していた。途中、トイレや煙草でそれぞれ五分くらい席を外す時はあっても、孝江さんの家を往復できるほどの時間、席を外していた者はいない」

車や自転車を使えば五分程度で往復できたかもしれないが、殺人の時間を考慮すれば十分でも足りないだろう。

「午後三時過ぎから一度休憩を入れようとなって、午後四時前まで、それぞれひとりになれる時間があった。気分転換に屋敷から散歩に出たりだ。その間は父だけでなく、飛島家の誰にも殺人の機会があったとも言える。孝江さんの遺体は発見時には冷たくなっていたので、死後一時間以上は過ぎていたろう。矛盾はなく、その時間帯に父は殺人を行ったのだろうと私達は考えていた」

頼行が挑むように岩永を見た。

「しかしその時間帯に殺人現場への道は見張られていたとわかった。よって父の犯行は不可能になる。登はそれに気づき、最初は自分ひとりの胸に留めておこうとしたが耐えられず、皆に打ち明けた。誰かこの問題を解決してくれるのではと」

「けれど誰も解決できず、たまたまその見張りとなる人物がよそ見をしている隙に往復できた、と問題に蓋をしたんですね？」

「それしかなかった。そして母はその蓋を押さえきれず、黒いベールをかぶって恐ろしい可能性から目を伏せ、その檻で贖罪《しょくざい》の半生を過ごしている」

その重さがわかるか、という風に頼行は顎を引いたが、岩永は変わらぬペースで問いを発する。

「外からは絵を描いていた人物の存在に気づけなかったんですね？」

「絵は室内で描いており、その家のそばまで来ないと無理だ。絵を描く日時もその日の気まぐれに過ぎないと後であらためて聞いた。念のため後日私も、その人物に確認したんだ。孝江さんの失踪の件は村の中でも知られていたから、その時間帯に孝江さんか、他の誰かが彼女の家に出入りしていなかったか、もしいれば何か手掛かりになるかもしれないとまで言って。答えは変わらず、誰も通っていない、だ」

頼行は証言の信憑性を補強する。岩永は間を置かず次の質問に移った。

「誰か道を通ったとして、その家から人物の判別はつきましたか?」

「距離はあるが、不可能ではないな。知った人が通れば誰かわかったろう」

「孝江さんの家へ行くにはその道を通る以外、他に方法はないんですね?」

「家のすぐ裏が山になっている。大回りになるが山の中を通れば行けなくもなかったろうが、どれだけ時間がかかるか。山中にはまともな道もない、現実的には無理だろう」

「孝江さんの家の周囲に他に民家は?」

「なかったな。周囲は田畑か空き地だ。村の奥なんだ、問題となっている道は孝江さんの家とその周辺の農地か山に行くくらいにしか使わないものだった」

「その道を通るのに、周辺に住む人から目撃される可能性がどれくらいありました?」

「さしてなかったと思う。たまたま絵を描いていた人物がいただけで、日曜の昼なんだ、ずっと外を見ている人間はそういない。意図的に見張りの目をかいくぐろうと考えつくはずもないんだ」

頼行がこの五十年、飛島家に文字通り黒い幕をかけている謎の厚さをそう強調した。見張りに気づいていればその目をかいくぐる特別な方法を犯人も用意できる。けれど気づけないなら特別な方法を用意しない。なのに目撃されていない。その道を通るのが不可能な上に、この矛盾が立ちはだかる。

されど岩永琴子、おひいさまと幽霊に呼ばれる娘はまるでそこを意に介していなかった。唇だけを自信ありげに笑みの形にした。

「ならばこの不可能状況は、犯人にとって意図せず発生したものとなります。ではどうやって見張りをかいくぐったかではなく、なぜそんな状況が発生したかを第一に考えるべきなんです」

「なぜ？」

椿はそのアプローチの違いの差がもたらすものがつかめなかった。頼行もそうなのか、虚を衝かれた様子をしている。岩永が畳みかけるごとく尋ねてきた。

「頼行さん、遺体発見時の経緯をあらためてお尋ねします。走太郎さんと車で孝江さんの家に到着した際、二人同時に車を降り、二人一緒に玄関先まで行きましたか？」

「ちょ、ちょっと待ってくれ。うん、そう、いや、家の前に着くと私が先に車を降り、すぐ玄関へ向かったかな。父はその間、屋敷に戻りやすいよう車のフロントを道の方に回すと言って車を動かしていたと思う。そうだ、だから最初、私はひとりで戸を開け、家の中に呼びかけたんだ」

頼行はその場面をあまり回想してこなかったのか、額に人差し指と中指を当て、自信は持てない調子だがそう結んだ。岩永は微笑みのまま続ける。

「そして孝江さんの応答はなく、しばらくして走太郎さんが後ろからやってきた？」

「ああ、そうなるな。別におかしくはないだろう。孝江さんを呼ぶのに二人一緒の必要はない。私ひとりで声をかけ、父は車で待機していても良かった。応答がいつまでもなければ父も何か異変があったと車を降りてくる、でも自然だ」

理不尽な文句をつけられている気になったのか、頼行の声に棘《とげ》が混じっていた。岩永はその気配を微塵も感じないのか、涼しげに質問の切り口を変える。

「その家に裏口、または正面の入口以外に中に入れる戸や窓はありましたか？」

「それは、裏口くらいあったが」

またも目的不明の問いに、頼行は詰まりながらも答えた。

「その裏口に向かうとして、そちらへ動く人間が玄関前から目に入りましたか？」

「どうだったかな。庭先から右側に行って、物干し場があったような。だとすると正面からそちらに回るのに、玄関に立っていれば見えなかったんじゃないかな。保証はできかねるが」

現場が残っていれば検証できるが、孝江の家どころか村自体消えているので頼行もそう付け足さないわけにはいかないだろう。

岩永は得たりとばかり点頭した。

「構いません。遺体があったのは奥の部屋。ならば裏口から最も近い部屋とも取れますが、違いますか？」

「そこは正確にはわからないが、正面玄関からは見えない部屋だったには違いないな」

「では走太郎さんが車のトランクから孝江さんの遺体を取り出し、裏口に回って家の中に運び込んでいても、頼行さんは気づかなかった可能性が十分にあるわけですね？」

満足げに岩永がそう言ったのを、椿はきちんと聞き取れていたのに、知らない外国語を聞かされたようだった。

「何を言っているの？」

ついそう口を挟む。頼行も思考が追いついていないのか言葉を発しない。

岩永は億劫《おっくう》がらず、冷たい微笑みで説明を加える。

「だから孝江さんは自分の家で殺害されたのではなく、飛島家の敷地内で殺され、頼行さん達が訪れた時にようやくその家に運び込まれたんです。それなら問題の時間帯、走太郎さんが見張りのある道を通っていなくても何ら支障はありません」

そんなことがあるのか。殺人現場が違っていたとは。椿はいきなり前提条件がひっくり返されたのに混乱した。

「孝江さんの家が殺害現場と考えられたのは、単にそこに遺体があったからじゃあないですか？」

岩永は動作だけは可愛らしく、首を傾げてみせた。目を見開いていた頼行が右手を前に出す。

「違う、凶器となった置き時計は孝江さんの家のものだったはずで」

「遺体を部屋に運び込んだ後、傷口に合いそうで鈍器になるものを選び、血を付けてそばに転がしておいた。凝固した血でもなすりつければそれらしく見えるでしょう。また人を撲ったのに時計が壊れもせずに動いていたのも変じゃありませんか？」

「置き時計は台座が大きくて重く、数度人を撲ったくらいで壊れるものでもなかった。殺人の隠蔽をする時、私がその血の付いた時計を部屋から持ち出して処分したんだ。まだはっきり憶えている」

「でも壊れるかもしれません。よって置き時計で撲っていないとの論理が立ち、そこが殺人現場ではなかったという結論も導けます。龍子さんを信じさせるのに使える論理です」

岩永は小雨の向こうの広い池に目を遣った。

「死体を移動すると警察の調べでそうと発覚しがちですが、移動した死体をもう一度移動させたり、第一発見者が警察の来る前に姿勢を変えたりすれば誤魔化せるところもあります。当時、一般の人が科学捜査や現場検証の質をどれくらい知っていたか不明ですが、走太郎さんが誤魔化せると考えたとしてもあながちない話ではないでしょう。五十年前です、推理小説もミステリードラマも現代ほど普及はしていないでしょうし、死後硬直や死《し》斑《はん》といった言葉を知らない人も多かったでしょう。幸い実際には殺人は隠蔽され、遺体も司法解剖がされていないので、移動していないとは決定できません」

頼行がようやく岩永の仮説が意味するところを呑み込んだとばかりに言う。

「きみは自分の仮説が真実かどうかは棚上げし、母を納得させられるものであればいいんだったな」

「はい。では頼行さん、あなたが孝江さんを呼んでいる隙に、走太郎さんが遺体を家の中に運び込むのは可能でしたか？」

どこか無責任で、まったく逆に引き受けた課題は必ず解決してみせるといった責任感があるとも見える岩永の態度だった。頼行は曖昧に首を縦とも横とも取れる振り方をした。

「不可能とは言えない。今となっては父がどれくらいしてから玄関先に来たのかまるで思い出せない。小雨はあったが外はまだ明るさがあって、中に照明がついていなくともおかしくはなかった。しかし呼んでもなかなか応答がなく、不安が増したのは覚えている」

「可能な余地が十分にあれば重畳《ちょうじょう》です。ついでに遺体発見時のお二人の動きを当時、龍子さんに伝えていなければなお重畳です」

当時伝えていなければ、いっそう可能な印象にして龍子に伝えられるという含みがあるのだろう。椿はいったいどの段階で岩永がこの仮説を立てていたのかと恐ろしくなった。事件の詳細を聞いたばかりのはずなのに、見通している範囲が広過ぎないか。

頼行が腹立たしげに答える。

「そんな細かく話すものか。せいぜい二人で発見したくらいしか言っていないはずだ。発見したのは私ひとりの時だから、それも正確ではないが」

「どちらでも構いません。龍子さんがこの仮説を疑う情報を持っていなければ」

岩永は鷹揚にそう処理すると、彼女の推測する走太郎の犯行を語り出す。

「見張りのない時間帯、走太郎さんが孝江さんの家に行けないなら、孝江さんが飛島家に来ていればいいんです。昼食後、お腹に子どもがいるとの発言をすると孝江さんはいったん自宅に帰り、飛島家の話し合いがある程度煮詰まった頃を見計らい、屋敷にまた戻ってきました。妙な行動ではありませんね？」

頼行は不承不承そうに認める。

「自分についての話し合いが進んでいそうな頃にまた顔を出し、さらに要求を伝えるなり、話し合いの主導権を握るなりするという行動は考えられる。当時、夕方になっても孝江さんが屋敷に戻ってこないのを母も心配していた記憶がある」

「主導権を握るのに、敢えて迎えが来るまで待つのも駆け引きのひとつですが、この仮説ではまだ問題の道が見張られていない、午後二時半より前に孝江さんは屋敷に戻ってきました。そこで煙草でも吸おうと庭先にでも出ていた走太郎さんと偶然遭遇します。走太郎さんは孝江さんを屋敷の人目のつかない所に引っ張り、これ以上余計な真似をしないよう頼むも孝江さんは聞かず、走太郎さんはそこでつい彼女を殴るか押すかし、弾みで転倒させてしまった」

「倒れた所に石かブロックでもあって、孝江さんは頭をそれにぶつけ、亡くなったと？」

頼行はその光景がまざまざと頭に描けたのか、かすれた声を出した。

「偶然殺してしまった、の方が龍子さんも受け入れやすいでしょう。このままだとこの女に人生を無茶苦茶にされると後ろから石で撲った、もありえますが」

どこか真剣味の不足した言い様で岩永は続ける。

「どうあれ慌てた走太郎さんは保身のためにもまずは遺体をいったん隠そうと、近くにあった車のトランクに放り込みます。この時、血が上着に付いたのでしょう。それから会合の席に慌てて戻ります」

椿もようやく岩永の推論の全体像が見えてきた気がした。

「そうね。遺体とともにいるのを誰かに見られたら万事休す、あまり長い時間席を外していると怪しまれるかもしれない。とりあえず遺体を隠して善後策を考えるか」

「遺体を自分の犯行と気づかれないようどう処理するか。人ひとり消すのは飛鳥家総出でも大変だったでしょう？」

岩永は頼行に目配せをしてみせた。頼行は嫌味に感じたのか、敢えてという風に彼女の発言を訂正する。

「お腹の子も含めて二人だがな。誰にも見つからないよう移動し、隠すのに神経を使ったし、骨にして供養するには何年もかかったよ」

岩永はただ肯いてみせた。

「走太郎さんは身内に疑われてもいけませんし、より大変です。どうするかさぞ悩んだでしょう。やがて午後五時過ぎになって飛鳥家では孝江さんを呼ぼうとなりましたが電話では連絡がつかない。当然です、遺体となって屋敷にある車のトランクに収められていますから。そこで走太郎さんは自ら孝江さんを車で呼びに行くと名乗りを上げ、この機に遺体を彼女の家に運び、そこで空き巣にでも殺されたと見せかけようとしました」

「遺体をどこかへ密かに捨てるよりは、そうした方がリスクは低いか？」

「自分が殺したんです、早く手放せるならそうしたいのも人情でしょう。頼行さんを同伴するよう道義さんに指示されたのは計算外ですが、車からうまく先に降ろし、玄関先に留められました。その隙に遺体を裏口から家の中に運び込み、頭の傷に合いそうな置き時計を取って血を付着させ、遺体のそばに転がしもします。指紋をつけないよう、あらかじめ手袋を持ってきていたかもしれません。空き巣がタンスを物色した痕跡も偽装します」

頼行がその説明に深刻な表情で口許を押さえた。

「何だか本当にそうされていた気がしてきた」

「していたかもしれませんし、違うかもしれません。ともあれ仮説において走太郎さんは工作を終えると大急ぎで正面玄関に行き、頼行さんと一緒に家の中に入ってさも初めて見たとばかり孝江さんの遺体に驚いてみせます。小雨の降る中を運んだので遺体も濡れはしたでしょうが、よほどでなければ気づかれないでしょうし、じきに乾きもします。頼行さんも気づかなかったでしょう？」

　気づくも何も、現実にその移動が行われたかはわからない。

「ああ、記憶にないな。だから濡れていなかったとも言えない」

　頼行の返事に岩永は肩をすくめる。つまり濡れていたかもしれないのだ。

「なら幸いです」

　岩永琴子はかくて見張りの問題をクリアし、手にある情報と辻褄の合う犯行手順を整えてみせた。

　頼行はテーブルの角の辺りを見ながら、呟きとも質問とも取れるトーンで言う。

「そう遺体を動かしたのはアリバイのためもあるか？　ずっと屋敷にいた父は孝江さんを殺せない、と思わせようと？」

「警察は身内の証言ではアリバイと認めないでしょう。走太郎さんが認めると思っていたなら、午後三時から午後四時まで、身内と一緒にいない時間を作りませんよ。偶然孝江さんの家に行く道に見張りがいたから犯行が不可能に見えただけで、いなければアリバイもありません」

　岩永にぬかりはなかった。

「遺体移動の目的は、自分と無関係に孝江さんが殺されたと思わせたいがためでしょう。飛鳥屋敷で遺体が発見され、そこで殺されたとなれば犯人は飛鳥家内にいると疑われる。だからどうしても遺体を飛鳥家から持ち出さないといけません。孝江さんの家で殺されたとなれば、犯人候補はずっと広がります。お腹の子の父親と知られなければ、走太郎さんに孝江さんを殺す動機は表向きありません。殺人現場を誤認させるだけで容疑からかなり逃れられます。孝江さんとの浮気は龍子さんに知られないよう注意したでしょうから、二人の関係は警察の捜査でもわからないと高もくくれます」

椿にしても最初から走太郎が犯人と聞いていたから孝江の妊娠をすぐ走太郎とつなげられたに過ぎないのだ。

「五十年前じゃDNA鑑定はまだだね。お腹の子の父親を特定できない。なら孝江さんが妊娠を宣言した直後に殺されたからといって、飛鳥家の者にいきなり疑いは向かないか。空き巣の犯行にも見せかけているし、即興の策としては悪くない」

そんな椿の感想に、岩永はにこりとした。

「はい、そうです。しかしまたも計算外で道義さんが二人の関係を知っており、すぐに走太郎さんを犯人と疑った。妊娠を宣言した後に殺されたんです、そこに動機があるとまず考えるでしょう。こうなればどう転んでも言い逃れは厳しい。警察の捜査が入ればすぐ様容疑者にされます。道義さんが飛鳥家の醜聞を嫌って事件を隠蔽してくれるかもしれませんが、走太郎さんの立場はなくなる。それこそ後腐れないよう自殺させられるかもしれない。どう転んでも破滅しかありません」

「何をおいても逃亡するのが最善になるか。事件を隠蔽してもらえれば指名手配は免れる、なら飛鳥家にいるよりはましな人生を逃亡先で送れそうだ」

頼行が苦笑を浮かべた。岩永はそこから事件のしめくくりに入る。

「ですが走太郎さんは逃走中にあえなく事故死。突発的な殺人に遺体の移動に偽装工作、難を逃れたと思えば犯人と名指しされる。そこで慌てて逃げ出したんです、乱れた心ではハンドル操作も誤るでしょう。これで事件について全て説明がつきました」

証拠はない。あくまで仮説に過ぎないが、もとから真実を求めていない。椿も頼行も必要なら嘘を許容するとしている。

岩永は説明の最後、こう穏やかにまとめた。

「見張りが誰も見ていなかったのは事件にとって謎ではなく、それこそが事件を解く大きな手掛かりだったわけです」

頼行はしばらく仮説を吟味しているのかうつむいて黙り込んでいた。椿も明らかな穴がないか一応は頭を回転させる。穴がなければ後は過去の事実と符合しない点があるかどうかだが、そこは椿がチェックするには限界がある。

やがて頼行が顔を上げた。

「確かにこの説明なら偶然見張りをすり抜けられたより、よほど現実的で受け入れやすくもある。私の過去の記憶と反する場面も今のところない。遺体を運び込むのは綱渡りの面もあるが、追い詰められてやるしかないと踏み切った、というのもありえる話だ」

「私も十分おばあさまを納得させられる解決と思う。ただ五十年間悩んだ問題がこうあっさり説明されると、疑われそうでもあるけど」

「なぜ今になってわかったかの理由も用意した方がいいだろうな」

頼行の危惧ももっともだ。健三の幽霊に紹介されたおひいさまが解いた、では怪し過ぎるだろう。そこはおひいさまの協力を仰がず、こちらで処理すべき課題だ。

岩永はどこかから個包装された飴《あめ》をひとつ取り出し、その包みを破る。

「お役に立てましたか?」

破った包みから飴を口に含むと首を傾げた。長くしゃべったのだ、のど飴なのかもしれない。

頼行は岩永をしばし見つめ、目礼した。

「まだ仮説の検証は必要だろうし、弟の登にこれを否定する過去の記憶がないかの確認もすべきだろう。真実の保証はないのだから。だが嘘であっても母のベールを取れる可能性は高いと思う。聞いてみれば、なぜ今まで誰も考えつかなかったのかといった単純な方法だ」

「関係者が事件について考えるのを避けてきたこと、殺人現場が孝江さんの家だと思い込んでいたことが大きいでしょう。ただ警察の捜査が入っていれば、この仮説が真実か否か、決められる情報が手に入っていたかもしれません」

「真実なら、五十年前に警察が明らかにできた犯行方法か？」

「おそらくは」

事件の隠蔽に加担した罪を、岩永はそう責めるとも揶揄《やゆ》するとも取れる調子で言った。時効になっていても、彼女は彼女なりに世の規範を軽んじていないと主張したかったのかもしれない。椿は岩永が十代と推測したが、もっと上の年齢の可能性もあるのでは、と今さら考え直した。

頼行は静かに息をつく。

「いや、それでも他に選択肢はなかったろう」

雨はまだ降っていた。椿は急に喉の渇きを覚え、自分用に買っておいたペットボトルのお茶を口にする。しばらく四阿は静かなままだった。雨があまりに細かいので雨音も聞こえない。

やがて岩永が口の中の飴がほとんど溶けた頃合いか、こんなことを言い出した。

「これで役目は果たしたと帰ってもいいのですが、私は公正でありたい信条です。先程の仮説では飛島龍子さんのベールを外せない可能性にも私は気づいています」

失敗した時の予防線だろうか。無論、その可能性はあるだろうが、椿としては失敗しても彼女に責任は問えない。頼行も同じ考えか、小さく微笑んだ。

「母は仮説が間違いだと見抜くと言うのか？　少なくとも私の記憶の限り、母が仮説を否定できる情報を持っているとは考えにくい。きみも私達以上の情報を持っていない中、最善の仕事をしたはずだ。ならたとえうまくいかずとも、きみを恨んだりはしない」

「けれど龍子さんが確実に間違いと見抜く場合を私は想定できます。その時はやはりベールを手放さないでしょう。そのおそれを伏せたまま帰るのも不誠実でしょう」

岩永は冗談ではなく、まだ何か、椿達に見えていないものが見えているようだ。聞かない方が賢明では、との予感が椿の頭をかすめた時、岩永は信じ難そうにこう尋ねてきた。

「私には不思議なのですが、なぜ飛島家の誰も、龍子さんこそ事件の真犯人だと疑わなかったんですか？」

椿はまたも、岩永の言葉が外国語のように聞こえた。

「龍子さんが一連の事件の真犯人なら、一瞬で先程の仮説が間違いだとわかります。それでは目的を達成できない可能性が高いでしょう」

呆然とする椿をよそに、頼行は下世話な冗談でも耳にした風に笑って返す。

「母は事件において失うばかりで何も得ていない。犯人のわけがない」

「そうでしょうか。夫と腹心が揃って自分を裏切ったんです、だったら龍子さんは報復に二人を殺してもいい、と考えておかしくないでしょう？　表向きは浮気に目をつぶる、許すと言っても、腹の底では正反対というのもあるものです」

岩永は平然と、看過できない言及をした。頼行もこれには怒気を発する。

「待て、きみは父の走太郎も母に殺されたと言うのか？」

「車のブレーキが徐々に利かなくなる細工でもしておけば、県境の峠で事故を起こすと計算できます。あの状況で龍子さんが走太郎さんに『あなたはいったんこの場を離れてください、その間にお父さんも事件も私が収めますから。私はあなたの無実を信じています』とでも言えば、何も疑わず走太郎さんは夜中、車で屋敷から離れるでしょう。飛島家は龍子さんに従うことでうまくいっていたんです、そうしないわけがありません」

椿でもそうなったろうと賛同はできる。ただしあくまでその展開ならそうなるというだけで、あまりに真実性を欠いているのではないか。

岩永は手持ちの駒を並べ、対手を冷徹に包囲するように唇を動かす。

「孝江さんの殺人も、部屋で転んで机の角で頭を打った、と偽装すれば事故死で片付けられそうなのに、部屋が物色された痕跡で他殺に取られる状況になっています。これなど走太郎さんが殺したと道義さんに疑わせる細工とも考えられます。後で発見された上着の血《けっ》痕《こん》も走太郎さんの逃亡後、龍子さんが付けておいた。孝江さんの血でなくてもここでは通用するでしょう」

「母が父と孝江さんの関係を知ったのは、孝江さんが殺され、祖父が父を糾弾した時だ。だから母に動機は」

「龍子さんほどの人がそれまで二人の関係に気づかないものですか？　ずっと前に関係を把握し、道義さんが気づいているのにも気づいていたんじゃあないですか？」

確かに、話に聞く飛鳥龍子ならもっと早くに気づいていそうではある。ただ事件の中で気づいていなかったものとして行動しているから、そんな疑いを頼行も椿も持たなかっただけだ。そこが覆るなら、龍子には動機が生じる。

「龍子さんは二人を殺せる絶好の機会を計っていました。孝江さんを殺害し、走太郎さんをその犯人に仕立て、事故死ないしは自殺をしてもらう。これで龍子さんは安全です。その状況なら事件そのものの隠蔽までできます。計画的な完全犯罪ですよ」

走太郎の死で隠蔽は決定された。犯人が死んだのだから公にしても意味はないと罪悪感が薄れ、皆が協力した。主導したのは龍子だ。椿は聞いているうちに、こちらの方が飛鳥龍子という人物らしい判断と行動に思えてくる。

頼行も岩永の指摘にそう感じたのだろう、そこは認めつつ新たな仮説を崩しにかかった。

「わかった。母に動機はあったかもしれない。だが計画殺人とまで言い切るのはどうだ。口論の弾みで孝江さんを殺してしまったかもしれないだろう。父に容疑がかかったのも意図しておらず、逃亡も父が焦って勝手にやった、事故も偶然かもしれない」

「ありえませんよ。だったら龍子さんはとっくに自白しているでしょう」

「飛島家を守るためには自白できなかった。母が捕まればその時点で飛島家は崩壊したろう。だから事件を隠蔽したが、孝江さんを殺し、父の死の原因も作ってしまった罪悪感に耐えられず、飛島家を守りきれなかった」

頼行の反論は的を射ていると椿も手を打ったが、岩永はやれやれとばかり首を横に振る。

「ですから事件から五十年経ってもまだ自白していないのはおかしいでしょう。当時はまだ時効がありました。罪の重さに苦しんでいるなら、事件から十五年も経てば頼行さん達にその罪を告白しそうなものです。ベールをかぶり続ける龍子さんを周囲は相当に気遣っているはず。そのプレッシャーもあるんです、自分も皆も楽にするため、罪を告白しないではいられませんよ。飛島家もその頃には衰退して、龍子さんが身内に罪を語るくらいなら影響はありません。五十年経ってもまだ黙っているわけがありません」

その通りだった。意図せず孝江を殺し、夫の死を誘発していたなら、五十年も黙ってベールをかぶっていられるわけがない。とっくに自白している。

「だから計画的に二人を殺害したんです。それに走太郎さんの上着には血痕が付着しており、これが容疑を決定的にしました。走太郎さんが犯人でないなら、その偽装は龍子さんの手によるものです。そこには明らかな作為と害意があるでしょう。これでもまだ走太郎さんも殺されたとは考えられませんか?」

岩永の再反論に頼行は唇を真っ直ぐに結ぶ。龍子が犯人なら計画殺人以外にないのだ。椿はそこで岩永の新たな仮説の根本的な欠陥に気づいた。気づくのが遅かったかもしれない。

「そうだ、飛島家の人には全員アリバイがあるでしょう。身内の証言だけど、ここでは意味があるはず。そしてアリバイのない時間帯は孝江さんの家に行く道は見張られ、誰も通っていない。さっきの方法は走太郎さんにしか使えない。ならおばあさまは孝江さんを殺せない。往復とも見張りが偶然目を離していた、なんて奇跡は言い出さないでしょう?」

頼行も失念していたのか、若干ほっとした顔つきになった。これで岩永を押し返せると思いきや、このおひいさまは準備万端だった。

「その見張りの証言の信頼度が問題なんです。その人物は飛島登さんの御友人の父親ですよね? なら飛島家には好意的な立場の人じゃあないですか? 場合によっては飛島家のために、道を通った龍子さんを見ていないと嘘をつくのでは?」

頼行がその仮定をすぐ様否定する。

「なぜそんな嘘を？　母が孝江さんを殺したと知ってかばうためか？　孝江さんの死は公になっていない、何からかばおうとするんだ。まさかその人物が私達より先に親しくもない孝江さんの家に行き、勝手に中へ上がり込み、遺体を発見して、時間的に母の仕業と考えたとでも？　無理があるだろう。それに健三さん夫妻くらい飛島家に忠実な者でなければ、殺人についてまで嘘をつこうとは考えない」

「ですが龍子さんにまつわる悪意のある噂を助長しそうな出来事くらいなら、見なかったことにしませんか？」

悪意のある噂と聞き、椿は何があったかと額に指を置いた。頼行はすぐに思い当たったのか、表情が固まっていた。

「その道は孝江さんの家に行く時くらいしか使われないのですよね。なら龍子さんがその道を通れば孝江さんの家に行くと察しがつきます。しかし龍子さんがひとり、孝江さんの家に行くなんて変に思いませんか？　飛島家の事実上の主が腹心の家にわざわざ行くなんて普通はないでしょう。自分の屋敷に呼びつけるか、電話が通じなくとも人に呼びに行かせるはず。呼びに行かせる人員がおらず、急ぎの用件でやむを得ず自分で行った、というケースはありますが、まさか孝江さんを殺しに行った、とまではその人物も考えませんよね？　ただある邪推はついしてしまいそうでしょう？」

岩永はその邪推を非難する調子で言い、頼行が苦々しげに続ける。

「母は孝江さんと同性愛の関係にあり、母は彼女と二人きりになるためわざわざひとりで彼女の家に向かったと?」

あ、と椿は口を開いてしまった。ここでそれを持ってくるのかと。

「二人をそう語る噂があったのでしょう? それも信憑性を持って。その人物も噂を知っており、目撃時は特に気にも留めなかったのが、後で変に感じたかもしれません。そこで噂を信じていなくとも、この目撃談をうっかり漏らせばあの噂を助長しかねないと、見なかったことにした。もし話して噂を助長し、目撃談の出所が自分と知られては、飛鳥家からどんな不興を買うか。これも避けたいでしょう。こちらの方が理由としては大きそうです。横暴なことをされそうになくとも、力のある相手にはにらまれたくないものです。当然、飛鳥家の御子息にも話すわけがありません」

噂を何割か信じていたからこそ目撃証言がその噂を助長し、回り回って自分の不利益にもなると考えたのでは。ならばいっそう見なかったことにするだろう。

椿は目の前の小さな娘に寒気を覚え、少し身を離した。幽霊と話せるといった点ではなく、ついさっき聞かされたばかりの事件であり、情報もわずかなのに、異なる仮説を、それも筋が通った確からしい仮説を立ててしまうその知力に。

岩永はテーブルの上に肘をつき、交差させて組んだ両手の指を顔の正面に置いた。

「警察が殺人事件の捜査としてその人物に誰か通らなかったかと訊いていれば、さすがに正直に話したでしょう。ところが事件の存在を知らず、孝江さんの失踪に関連して誰か見なかったかと飛島家の人に訊かれたくらいではどうか。何より龍子さん自身が孝江さんの家に行っているのですから、その人物が語らずとも飛島家の人はその情報を持っている、いずれ知るだろうと考え、黙っておきませんか？　昔から、雉《きじ》も鳴かずば打たれまいと言います」

ここでも殺人の隠蔽が事件をわかりにくくさせたと岩永は指摘してみせた。

「事件の日、龍子さんはひとり孝江さんの家を訪れました。孝江さんは龍子さんの来訪に驚いたでしょうが、お腹の子の父親について内密な話があって、と言われれば中に入れるでしょう。龍子さんが彼女と走太郎さんの関係に気づいていれば、その話し合いにひとりで来るのは自然です。そして家に上がった龍子さんは隙をついて孝江さんを撲殺します」

岩永は犯行をそばで見ていたごとく語ってみせる。

「その後、家を立ち去り、屋敷に戻ります。戸締まりをしなかったのは後で遺体を発見しやすくし、走太郎さんの犯行と思われる可能性を高くするためでしょう。村の他の住人に遺体が発見されるおそれはまずありません。孝江さんは村に親しい相手は飛島家の人以外におらず、戸締まりされていないからと中にまで上がり込んで来る者はいないでしょう。遺体のある部屋の窓にカーテンを引いておけば、外から気づかれるおそれもありません」

孝江の家に行く道はよほどでなければ通っているのを目撃されず、龍子は村内を散策するのが好きだったというから、日曜の午後にひとり歩きしているのを見かける者があっても怪訝には思わないだろう。

頼行はペットボトルのお茶を飲み、じっと四阿の屋根の裏を見つめ、ようやく覚悟を決めてか、再び岩永に対した。

「いいだろう、母に孝江さんを殺す機会があったのは認めよう。計画殺人までは母らしさも感じられる。だが全てを計画的に進めたなら、殺人後の展開はあまりに感傷的過ぎないか？　そうだ、母らしくないんだ。結局母は飛島家を衰退させてしまった。二人の死をきっかけに母は築き上げた全てを失ったんだ」

もっともである。頼行の反論の方向性に椿は明るさを感じた。

「計画殺人なら罪悪感に苛《さいな》まれたりはしないだろう。ベールをかぶり、何かを恐れるように生きる必要もないだろう。母にとって二人の死は予期せぬものだったから精神的な打撃は計り知れず、その事件の真相が曖昧ゆえに罪悪感も増し、ベールをかぶらないではいられなくなったんだ」

頼行は龍子の計画殺人をまず真とし、その仮定では矛盾が出る、だから計画殺人ではない、ならば龍子が真犯人という仮定も崩れる、といった論法で岩永の仮説を断とうとしている。これは椿にも有効に思われた。龍子らしいから計画殺人の仮説に説得力が生じているのである。なのにこの五十年はまさに龍子らしくないではないか。そうなるきっかけが事件なら、龍子は殺人を犯したはずがない。この矛盾をどうするのか。黒いベールが岩永の龍子犯人説を否定しているのだ。

岩永は微笑んだ。椿達が四阿に座った時から変わらない優雅さと冷たさをたたえて。

「はい、そのベールです。ところでナサニエル・ホーソーンに『牧師の黒のベール』という短編小説があります。題名通り、牧師がある時から黒いベールをかぶって顔を隠すようになり、周囲の者に尊敬されながらも不気味がられ、それでも外さず、やがては、といった内容です。この小説において、牧師がなぜベールをかぶり続けたか理由は明かされません。何らかの寓意《ぐうい》があるのでしょうが、どうにも落ち着かない読後感です」

反論に窮したから突然十九世紀のアメリカの作家を出して煙《けむ》に巻《ま》こうとしているかと椿は一瞬期待したが、そんなはずはなかった。

「小説だから構いませんが、現実に人間が五十年もの間ベールをかぶり続けるのに感傷的で抽象的な理由だけ挙げられても納得いきませんよ。私は龍子さんがベールをかぶり続けるのにはもっと現実的な意味があると感じました。まさにその人らしい理由が」

空気はじっとりして生暖かいのに、椿の体には正反対のものがじわじわと広がる。

「頼行さんは二人の死によって飛島家は衰退した、とおっしゃいました。実はこれは逆なんじゃあないですか。飛島家を衰退させるために、龍子さんは二人を殺した」

岩永は特別話す速度を遅くしたわけでもないだろう。けれどそのありえない仮定は椿の耳にそう聞こえた。また重ねられる言葉も同じに聞こえた。

「計画の本来の目的は殺人ではなく、飛島家を衰退させることだった。なら全ては龍子さんの計画通りです。矛盾はありません」

「ありえない。飛島家を衰退させて母にどんな得があるという」

頼行が無理矢理笑おうとしてか口許を歪ませ、上ずった声で返した。冗談と取りたいのだが、それができなかったのだろう。

「先程龍子さんは全てを失ったと言われましたが、この五十年、表舞台から退き、飛島家が衰退していく中、龍子さんはどんな暮らしをされていましたか？」

岩永は淡々と尋ねてきた。椿と頼行は言葉が出ず、顔を見合わせると、岩永があらかじめ知っていたように続ける。

「独り暮らしで家にこもり、身の回りの世話は人を雇って多くを任せ、時々自分を慕う人達と会い、たまには旅行にも出掛ける。子ども達は気遣いつつ距離を取っているのでほとんど干渉されない。経済的には十分過ぎる資産があり、子ども達もそれなりに稼いでいるので手がかからない。こんなところでしょう？」

その通りなので、頼行も肯くしかないだろう。

「ああ、だが飛島家の全盛に比べればあまりにささやかな暮らしで」

「ささやかと言いますが、これ、一般的には悠々自適のセカンドライフですよ。強いて働かずともお金は潤沢にあり、自分の時間を満喫でき、誰からの干渉も受けない。それでいて人望もあって社会ともほどほどにつながれ、身内からも気遣ってもらえる。幸せの見本じゃあないですか」

椿は現在の生活に不満は多々あり、もっと良い暮らしがあるとは夢想するし、羨《うらや》まれる人生とも思わないが、不幸かと言われればそうでもない。飛鳥家の全盛期を知る頼行は自分の現状に、こんなはずではなかったと多大な不足を感じているようだが、よそから見れば立派な成功者だ。

岩永は沈黙する椿達に龍子の動機を説明していく。

「無論、政財界で権力を握り、女王として振る舞う幸せもあるでしょう。若い頃は龍子さんも力を得て使うのが楽しかったかもしれません。けれど年齢を重ねるにつれ、責任は増え、現在の力や資産を維持する手間はかかる一方、飛鳥家の恩恵にあずかろう、逆に追い落とそうと油断ならない有象無象も集まってきます。女王と崇《あが》められる一方で根も葉もない中傷もされる、恨みも買います」

まったくその通りだ。多く得る者は多く働き、責任も重い。競争も激しい。

「父親は娘の力を当てにするばかり、見初めた夫は能力は高いものの、龍子さん頼りは同じ。息子達を鍛《きた》えてはいるけれどあまり期待できない。後継にと育てていた孝江さんは自分の夫と関係する。仕事は忙しくなるばかりで面倒は増え、ゆっくりする時間もろくに持てない。これは幸せでしょうか？　力を持つ代償と甘受する人もいるでしょうが、そんな生活から解放されたいと思う人もけっこういるでしょう？」

　返事がないのを了承と取ってか、岩永はひとつまばたきをして続けた。

「ただ全てを投げ出そうにも、龍子さんは力を持ち過ぎていました。理由もなくいきなり投げ出しては、それこそ資産も人望も全て失います。家族や周囲の人も必死に龍子さんを地位に縛り付けようとするでしょう。父も夫も息子も龍子さん頼りなんです、その干渉を振り切るのは容易ではありません。夢のような悠々自適の生活を送るためにはお金も人望もあった方がいいですし、家族からも大事にされた方がいい」

　証拠はないのに、岩永の絵解きには説得力があった。

「だから龍子さんは考えたわけです。自分が表舞台から段階的に去っても不自然ではなく、周囲から必要以上に干渉もされず、同情もされて善良な人からの人望も失わない方法を。それが孝江さんを殺害し、走太郎さんにその罪を着せ、事故死に見せかけて殺すというものでした。その事件の精神的打撃により、飛鳥龍子はかつての覇気を失い、表舞台から退いた、という筋書きです」

「自分の夢のために二人も殺すなんて発想は非情過ぎる。ありえない」

　頼行が龍子の弁護に入ったが、岩永はとうにその穴は塞いでいる。

「普通なら、いくら悠々自適の生活のためでも夫と腹心を殺そうとは考えなかったでしょう。しかし走太郎さんと孝江さんは龍子さんを裏切って関係していた。自分は毎日苦労して仕事に駆け回っているのに、と殺意も湧き、犠牲にしてもいいと考えた。最初に言いましたね、二人を殺す動機は別にちゃんとあるんですよ」

情があるだけに、二人に殺意が湧いたとも言えるのだ。情がなければ裏切られたとも感じず、怒らなかったかもしれない。

「龍子さんなら孝江さんの妊娠にもとうに気づいており、それを飛島家で明かすタイミングも読めていたかもしれません。走太郎さんが孝江さんを殺してもおかしくない状況を作るために、龍子さんが明かしやすい場を敢えて作ったとも考えられます。龍子さんは飛島家に集まる皆を自在にコントロールできる立場にいたんです、自分の計画に適した動きを割り振れたでしょう」

飛島屋敷も村もいわば龍子の領地で、支配下にあったのだ。事件を起こすならそこが最もやりやすく安全に決まっている。

「かくて龍子さんは計画通り二人を殺害しました。事件の隠蔽も計画内です。隠蔽すれば龍子さんの犯行と発覚する可能性は限りなく小さくなります。表向きは腹心の横領による失踪と夫の事故死になりますが、それでも精神的な打撃は大きいと周囲は思うでしょう。また走太郎さんが腹心と浮気した挙げ句その相手を殺して逃げて事故死した、と信じている家族はいっそう龍子さんを気遣い、表舞台から退くのをとても制止できない。むしろそんな龍子さんを支えようと、飛島家の事業や投資を整理するのに尽力します」

頼行が黙ったままなのを見ると、当時そうだったのだろう。

「もちろんこの機に飛島家の資産や権力を安く奪おうとする者も出るでしょうが、そこは龍子さんも目を光らせ、必要な資産は守ります。龍子さんに同情して協力的な人もいるでしょうから、事業の譲渡や資産の整理も進めやすかったかもしれません」

岩永は龍子を讃えるように言った。

「こうして龍子さんは資産を確保しながら飛島家を衰退させ、重い責任から解放され、望んだ生活を手に入れました。一点、イレギュラーがあったとすれば孝江さんの家に行く道に、よりによって犯行時間に見張りとなる者がいたことでしょう。これを知った時は龍子さんも焦ったかもしれません。ところが見張りは誰も見ていないと言い、また走太郎さんの犯行の余地も残せなくもない。その曖昧さをうまく利用し、龍子さんはいっそう心痛を受けていると家族に思わせられました。これによって龍子さんは表舞台からさらに退きやすく、暮らしやすくなりました」

岩永がまたひとつ個包装の飴を取り出した。今度は包みに『のど飴』と表記されているのが椿に読めた。ノンシュガーとも記されている。

「ひとつ間違えば龍子さんの犯行を示唆する証言にもなりましたが、逆に有益な材料に転じられたんです。龍子さんなら見張りが嘘の証言をした理由も察しているでしょう。事件は隠蔽されていますし、見張りが後々問題になるおそれもないので放置とします」

岩永はのど飴を口に放り込み、龍子犯人説をこうまとめる。

「龍子さんには殺人を行う動機も機会も方法もありました。そしてこの事件において最も犯人らしいのが龍子さんなんです」

椿も頼行もしばし黙っていた。反論するとすれば証拠はない、の一点だけだ。符合する情報だけを選《よ》り集めて描いた妄想に過ぎないと突っぱねられはする。

「ではなぜ母はずっと黒いベールをかぶっている？　望んだ暮らしを手に入れ、幸せなら、喪に服するみたいに顔を隠し、いつも視界を黒くしておく必要はないだろう」

頼行がまだ仮説の中で説明のつかない、符合しないが排除もできないだろう事実を挙げた。岩永は飴をなめながら、考える間も置かず応じる。

「心から幸せだからすっかり顔を隠すベールが手放せないんですよ。全て計画通り進み、夢見た生活が手に入り、ひとりで気ままに日々を過ごせる。ならつい頰も緩み、誰が見ても幸福な顔になってしまうでしょう」

そう、この娘が答えを持っていないわけがなかった。

「癒《いや》しようのない精神的打撃を受けて表舞台から退いたはずの人が、そんな顔をしていては周りに不審がられ、人間性を疑われそうです。家族も気遣う必要はないと干渉してきて、また表舞台への復帰を働きかけてくるかもしれない。それは困ります。そんな顔にならないよう、人目がある時はずっと気を引き締めるのも手ですが、心から幸せだからちょっとした隙に緩むかもしれません。ならベールで常に顔を隠している方が安心ですし、何より楽です。またベールをかぶっていれば周りもより気遣ってくれ、厄介除けにもなります。龍子さんは幸せに満ちた顔を見られないよう、ベールをかぶり続けるのを喜んで選択したんです」

「場面によって短い間ベールを外していたのは、それくらいなら気を引き締めていられそうだから？」

椿は頼行が岩永の説明に凍《こお》りついているのを察し、念のため確認してみた。

「そうでしょうね。時によって常識をわきまえた行動を取った方が周囲も安心しますし、人望も維持しやすい。それくらいの妥協はするでしょう」

立て板に水と理屈に合った説明が付けられる。

「龍子さんは黒いベールの檻に閉じ込められていたのではありません。それは自分の楽園を周囲から守る盾、宝箱の蓋と同じだったんですよ」

子どもの頃から椿は黒いベールをかぶる祖母に暗いものを感じ、怖くもあった。だがもし、岩永琴子の仮説が正しいなら、ベールの下には暗いどころか幸福に満ち足りた笑顔があったことになる。それを想像すると、そこに悲劇に耐える苦しい顔があるより恐怖を覚えた。

頼行が岩永を責めんばかりに言う。

「ではきみはこの五十年、母はこれ以上なく幸せだったと言うのか?」

「九十歳になられた今も御健康で、しっかりされているのです。その証《あかし》とも取れますよ。政財界に君臨していれば、今頃心も体もすり減って、そうあれたでしょうか。それは幸せでしょうか」

幸せの基準は人それぞれなので、他人が決めつけるわけにはいかない。心も体もすり減らして過ごす方が生きている実感があると、そちらを望む人もいるだろう。だが反対に、事件後の龍子を不幸とするのは、周囲の勝手な思い込みでしかないというのも真実性を持つのだ。ベールを取ってあげようという周囲の気遣いは大きなお世話で、現状こそが最良かもしれないのだ。

岩永はこれで役目を果たしたとばかりすっきりした表情で現状を整理してみせる。

「この仮説にも確たる証拠はありません。第一の仮説が真実かもしれません。どちらも真実ではないかもしれません。孝江さんは家にたまたま入ってきた空き巣と出くわし、運悪く撲殺されただけかもしれません。走太郎さんも彼女との関係を暴露され、ただ慌ててその場を逃げ、事故を起こしただけかもしれません。見張りが誰も見ていなかったのも、通った人をうっかり見逃していただけかもしれません」

どこまで岩永琴子はそれらの仮説が含む虚構を自覚しているのだろう。次に岩永は仮説を龍子に示した時の場合分けをした。

「龍子さんが犯人でないなら、たとえ真実でなくとも第一の仮説に納得してベールを取るきっかけにできるでしょう。犯人なら、第一の仮説を聞いてもやはり幸せを満喫する顔を隠し続ける必要を感じ、ベールをかぶったままにするでしょう。いくら筋の通った解決に納得したとしても、いきなり幸せに満ちた顔をふりまくのは不自然で、疑いを招きます。五十年ベールをかぶってきたんです、今さらそんなリスクを負ってまで外そうとはしないでしょう」

もっともである。ベールをかぶるのに慣れていれば、リスクしかない変化を選ばないだろう。

「そして龍子さんが犯人であり、そうと指摘されれば、『とうとうばれたのね』とでも言いながら満面の笑みでベールを外すのではないでしょうか。事件から五十年、自由で気ままな暮らしを満喫したんです、真相を見抜いた相手にそんな敬意を表するくらいの余裕もあるでしょう」

女王なら、それくらいの褒美《ほうび》を出すかもしれない。ただし椿はその場面を想像して肌が粟立った。ベールを外し、龍子が幸せそうに笑っているのに、何よりも怖かった。これまで周囲が気遣い、見守ってきた飛鳥龍子の姿が偽物だとわかり、頼行や叔父の登、健三夫妻の思いが全て虚しいものと判明する、徒労に落ちる場面なのだ。

頼行が額に汗をにじませ、岩永に質した。

「きみはどれが真相と考えているんだ？」

「五十年前の事件ですよ。私にも選べません。現場の村は消え、証人も関係者も多くが亡くなり、存命の方の記憶も不確かです。走太郎さんも孝江さんも幽霊になっていないので、私でも真相を聞き出せません。また死者も真実を語るとは限りません。罪の意識から誰かをかばって嘘をつくかもしれないんです」

そう言う岩永には、答えを知っていてとぼけている、そんな雰囲気もあった。発言内容自体はその通りなのだが。

椿は猜疑心《さいぎしん》を抑えられず、つい切り込んでしまった。

「あなた、幽霊や化け物と話せるんでしょう？　成仏できない幽霊とかなら五十年経った今でも存在していられる。なら当時、村にいたそんなものが事件を目撃して、犯人を知っていたりしない？　あなたはそうして真犯人が誰かあらかじめ知り、そこから逆算して事件を再構成してみせたんじゃ？」

すると岩永は愉快そうに口許に手を当ててみせる。

「田舎の村や山には浮遊霊や木魂《こだま》、山童《やまわろ》、天狗《てんぐ》といった妖怪もいますし、その存在に気づかない人も多いですから、殺人を間近で見られもするでしょう。でもそれで犯人を知るとか、卑怯《ひきょう》じゃあないですか？」

卑怯も何も、最初に問題を解決できれば嘘でもいいから利用する、と言っていたのは岩永だ。それは卑怯ではないのか。

文句をつけようとする椿を岩永が制した。

「私はただホーソーンの小説の読後感から、ベールをかぶる合理的な理由にこだわっただけです。あのマリア・テレジアが喪服でいたのは自身が亡くなるまでの十五年間ほど。五十年は女王でも長過ぎますよ。その理由から逆算して龍子さんの犯罪を導いたんです」

岩永はそれだけ言うと長椅子に立て掛けていたのか、傘ともう一本、細長い何かを手にして腰を上げた。

「すっかり長話になりましたね。これらの仮説をどう使われてもけっこうです。龍子さんに一方だけ話しても、両方話しても、まったく話さずとも。私は健三さんの幽霊の頼み通り、ベールを外せる解決を用意しました。これにて去らせていただきましょう」

細長い何かは赤色のステッキだった。右手に取った傘を開こうとする岩永を頼行も慌てたように立ち上がって呼び止める。

「なぜ母を犯人とする仮説まで話した？　確かにベールを外すのが目的ならそれもまた必要だったかもしれない。だが健三さんや私達の意に沿わないと察せるだろう。私達に恨みでもあるのか？」

岩永が心外そうに眉を上げた。恨みがあったとしても、こちらの事情に配慮しろというのも身勝手な言い分だろう。ただ岩永はまた別の理由を挙げる。

「まさか。頼みに誠実に向き合っただけですよ。それに親孝行になるかとも思いまして。完全犯罪は完全ゆえに、成功すれば誰にも知られず終わります。よって完全なのに誰もその完全さを、成功させた努力や機転を褒めてくれず、犯人としては一抹の寂しさがあるそうです。自己顕示欲はどこにも、誰にもあるものです」

口調にだけはいたわりと情を感じさせながら、このおひいさまは言った。

「だから五十年の時を経《へ》て、龍子さんの計画の見事さを讃えれば、きっと喜んでくださりますよ。それでこそ龍子さんも将来、健三さんの願い通り、ベールを外して心置きなく逝く時を迎えられるというものです」

ある意味で誠実な態度である。椿も認める。頼行は脱力したように長椅子にまた腰を落とし、呟く。

「だが母が犯人でなければ、私は母を犯人扱いしたと責められるだろう。こんな親不孝はない」

「その時は私が腹踊りでもして全力でとりなしましょう」

無責任な安請け合いか、それとも当時、事件を目撃した幽霊や化け物から龍子が犯人という証言を得ているのでそうする機会はないと自信があるのか、もはや椿にも確かめる気力はなかった。頼行もうなだれていた。

岩永はベレー帽の角度を調節し、傘を開き、ステッキを左手に持って四阿から雨の中へ踏み出す。最後にこちらを向いて会釈してみせた。

「ではお元気で。龍子さんが晴れてベールを外されるよう、祈っていますよ」

カツ、カツと二回、ステッキの先がアスファルトかコンクリートといった硬い物を突いたらしい音が聞こえた。岩永琴子は小雨の中、人の気配のまるでしない、静かな公立公園の中へ歩いて行き、やがて見えなくなる。

その間、四阿の中も静かなままだったが、椿は少々やけな気分になって煙草を取り出し、一本くわえて火をつけようとするも、途中でやめ、唇から離す。

うなだれていた頼行がこちらを向いた。

「一本くらい見逃すぞ。誰も来はしない」

「でもやめた方がいい。運が逃げるかもしれないから」

まだ何が真実かの結果は出ていないのだ。最良の結果がほしい時に、小さくとも悪事は控えるべきだろう。

椿は煙草をパッケージに戻す。岩永を恨むのは違うだろう。彼女は龍子のベールを外せそうな仮説を提供しただけだ。ひとつ目はこちらの希望通りであり、そちらだけ龍子に話せば済む話だ。もうひとつは聞かなかったことにすればいい。そもそも信じる必要もない仮説だ。物的証拠などないのだから。

けれどもし、ひとつ目を話して龍子がその後もずっとベールを外そうとしなければ、もうひとつを語りたい誘惑にかられないだろうか。その答えが正しいか、確認しないでいられるだろうか。

頼行が弱気を隠そうともせず尋ねてくる。

「今度母さんに会いに行く時、椿も一緒に来てくれるか?」

「そうしないわけにはいかないでしょう」

龍子に会うのも怖いが、自分のいない所で答えが出て、後で聞かされるのも怖い。

「それで、父さんはどうするの?」

「わからん。最初の仮説だけ話し、ベールを取ってくれるのがいいのだろうが、もうひとつの仮説の方が私が理想とした母さんらしい行動なんだ。女王とも呼ばれた飛鳥龍子は、何かに怯え、ベールをかぶったままでいる人ではない。私はそんな風であってほしくなかった。それが覆されるなら、もうひとつの仮説の方が」

真実であってほしい、と言いかけたのだろうが、頼行は途中で口をつぐんだ。頼行はもうひとつの仮説を恐れつつも、飛鳥龍子とは自分では計れない存在で、女王らしくあってほしいという感情にも苛まれているのだろう。

頼行にとってかつての母は理想であり憧《あこが》れであり、まさに女王だったのだろう。その女王がこの五十年、見る影もなく弱っていたのを悲しみつつも、腹立たしくも感じていたのかもしれない。

それが虚像に過ぎず、真実は女王らしく全てを操り、支配し、ベールの向こうに自身の望んだ楽園を築いていたとわかれば、その頼行達を踏みつけるがごときひどい話に愕然としつつも、まさに飛島龍子らしい見事な仕事だと、歓喜したくなるのかもしれない。頼行の理想が理想のままであったと歓喜したいのかもしれない。

また龍子の計画は息子である頼行や登にとって実はひどい話ではなかった可能性だってある。もし事件がなく飛島家が隆盛を続けていれば、息子達の器量では龍子の力についていけず、政財界の荒波に呑まれ、みじめな末路を辿っていたかもしれないのだ。

龍子はいち早くそれを見抜き、二人が身の丈《みたけ》に合った幸せな暮らしができるよう、飛島家をコンパクトに畳んだという見方もできる。事実、頼行も登も日々の仕事と生活に困らず、いつでも悠々自適に暮らせる立場なのだ。龍子は自身の夢をかなえつつ、息子達の人生に母親らしい気配りをしていたとも言えるのだ。

それでも椿は、ベールを取った龍子が幸福に満ちた顔でいれば震え上がるだろう。

雨はまだやまない。椿達に考える時間を与えるように、四阿を包んでいる。

本当にどうするか。何が真実で何が嘘か。椿はライターを手の中で転がし、じっと考える。考え続ける。

本書は月刊少年マガジンコミックス
『虚構推理』の原作として書き下ろされた。

〈著者紹介〉

城平 京（しろだいら・きょう）

第８回鮎川哲也賞最終候補作『名探偵に薔薇を』（創元推理文庫）でデビュー。漫画原作者として『スパイラル』『絶園のテンペスト』『天賀井さんは案外ふつう』を「月刊少年ガンガン」にて連載。2012年『虚構推理　鋼人七瀬』（講談社ノベルス／講談社タイガ）で、第12回本格ミステリ大賞を受賞。同作は「少年マガジンＲ」で漫画化。ベストセラーとなる。本作は小説『虚構推理』シリーズ第６作である。

虚構推理短編集《きょこうすいりたんぺんしゅう》　岩永琴子《いわながことこ》の密室《みっしつ》

2023年２月15日　第１刷発行　　定価はカバーに表示してあります

著者……………………………城平 京《しろだいらきょう》

©Kyo Shirodaira 2023, Printed in Japan

発行者…………………………鈴木章一

発行所…………………………株式会社 講談社

〒112-8001 東京都文京区音羽2-12-21

編集03-5395-3510

販売03-5395-5817

業務03-5395-3615

KODANSHA

本文データ制作……………講談社デジタル製作

印刷……………………………株式会社広済堂ネクスト

製本……………………………株式会社国宝社

カバー印刷……………………株式会社新藤慶昌堂

装丁フォーマット…………ムシカゴグラフィクス

本文フォーマット…………next door design

ISBN978-4-06-530871-4　N.D.C.913　264p　15cm

けっこうすごい
あああああっ
反応《はんのう》が見《み》ものですね
PARK
九郎《くろう》くんすごい見《み》てこ
「月刊少年マガジン」「少年マガジンR」「マガポケ」3誌にて好評連載中!
公式HPにて〈第1話 全83P〉無料公開中!
虚構推理 月マガ
検索

漫画の岩永琴子も、
月刊少年マガジンコミックス
虚《KYO》構《KOU》推《SUI》理《RI》
Invented inference
原作／城平京
漫画／片瀬茶柴
1〜18巻 絶賛発売中！

講談社
タイガ

虚構推理シリーズ

城平 京

虚構推理

イラスト
片瀬茶柴

巨大な鉄骨を手に街を徘徊《はいかい》するアイドルの都市伝説、鋼人七瀬《こうじんななせ》。人の身ながら、妖怪からもめ事の仲裁や解決を頼まれる『知恵の神』となった岩永琴子《いわながことこ》と、とある妖怪の肉を食べたことにより、異能の力を手に入れた大学生の九郎《くろう》が、この怪異に立ち向かう。その方法とは、合理的な虚構の推理で都市伝説を滅する荒技で!?

驚きたければこれを読め——本格ミステリ大賞受賞の傑作推理！

講談社
タイガ

虚構推理シリーズ

城平 京

虚構推理短編集
岩永琴子の出現

イラスト
片瀬茶柴

妖怪から相談を受ける『知恵の神』岩永琴《いわながこと》子《こ》を呼び出したのは、何百年と生きた水神の大蛇。その悩みは、自身が棲まう沼に他殺死体を捨てた犯人の動機だった。――「ヌシの大蛇は聞いていた」

山奥で化け狸が作るうどんを食したため、意図せずアリバイが成立してしまった殺人犯に、嘘の真実を創《つく》れ。――「幻の自販機」

真実よりも美しい、虚《うつ》ろな推理を弄ぶ、虚構の推理ここに帰還！

講談社
タイガ

虚構推理シリーズ

城平 京

虚構推理
スリーピング・マーダー

イラスト
片瀬茶柴

「二十三年前、私は妖狐《ようこ》と取引し、妻を殺してもらったのだよ」妖怪と人間の調停役として怪異事件を解決してきた岩永《いわなが》琴《こと》子《こ》は、大富豪の老人に告白される。彼の依頼は親族に自身が殺人犯であると認めさせること。だが妖狐の力を借りた老人にはアリバイが！琴子はいかにして、妖怪の存在を伏せたまま、富豪一族に嘘の真実を推理させるのか⁉　虚実が反転する衝撃ミステリ最新長編！